KB209945

산티아고,

햇빛과 바람과 환대의 길을 가다

산티아고,

햇빛과 바람과 환대의 길을 가다

박광영 지음

가슴 뛰는 일을 찾아

오랜 직장 생활은 내가 생각하고 꿈꾸던 삶의 방향과는 다르게 흘러갔다. 30여 년 동안 딱 한 번 승진의 기쁨을 맛보았다. 처세에는 서툴렀고 그저 눈앞의 일만 묵묵히 수행하는 세월을 보냈다.

한 살이라도 적을 때 새로운 길에서 자신을 만나고 싶었다. 정년을 6년 남기고 명퇴를 했다. 이유는 단순했다. 가슴 뛰는 일을 해 보고 싶다는 것, 먼저 내 버킷 리스트의 우선순위였던 산티아고 순례길을 가 보자고 결심했다.

인터넷 카페 〈까미노 친구들의 연합〉에 가입해 산티아고 순례길에 대한 정보를 탐색했다. 산티아고 순례길 중 800㎞에 이르는 '프랑스 길'은 '야고보 사도의 길'이라는 별칭을 갖고 있다. 사람들이 가장 많이 걸으며 숙박 등 편의시설이 잘 갖추어진 길이다.

첫 배낭여행. 산티아고 순례길을 가겠다며 막상 비행기 예약을 마치니 걸림돌이 하나둘이 아니었다. 홀로 50여 일 동안 떠나야 하는 긴 여행을 앞두고 걱정과 불안이 엄습했다.

나는 꿈꾸는 사람이고 싶었다. 청춘이란 나이의 문제가 아니라 자신의 꿈이 진행 중인지 그렇지 않은지에 달렸다고 생각한다.

산티아고 순례길의 체험을 기록한 이 책은 내 꿈을 향해 대양을 항해한 작은 모험이다. 천천히 한 발 한 발 걸어 콤포스텔라에 닿았다. 그후 유럽의 땅끝이라 불리는 피스테라와 무시아까지 걸었다. '두려움을 없앨 때 새로운 삶이 시작된다'는, 그리고 나의 등 뒤에서 나를 지켜주시는 분이 계신다는 믿음으로.

2024년 12월

박광영

생장 피에드포
발카를로스
론세스바예스
수비리
팜플로나
푸엔테 라 레이나
에스테야
로스 아르코스
산티아고
순례길
– 야고보 사도의 길
로그로뇨
벤토사
시루에나
빌로리아 데 라 리오하
비야프랑카 몬테스 데 오카
부르고스
오르니요스 델 카미노
카스트로 헤리스
프로미스타
카리온 데 로스콘데스
테라디요스 데 로스
템플라리오스
엘 부르고 라네로
만시야 데라스물라스
레온
산 마르틴 델 카미노
아스토르가
폰세바돈
폰페라다
비야프랑카 델 비에르소
오 세브레이로
트리야카스텔라
사리아
포르토마린
팔라스 데 레이
아르수아
오 페드로우소
산티아고 데 콤포스텔라
네그레이라
올베이로아
코크비온
피스테라
무시아

산티아고 순례길 인증서

1 순례자 여권(크레덴시알) 앞뒷면 2 콤포스텔라 인증서 3 피스테라 인증서 4 무시아 인증서

차례 

설렘과 불안이 교차하는 시간

겨울 알베르게

문득 잠에서 깼다. 사방이 깜깜하다. 손목시계를 보니 새벽 2시 반. 잠이 스르륵 깬 순간에 화장실을 다녀와야겠다는 생각이 든다. 그러나 침낭 속에서 망설인다. 몸을 뒤척이면 이층으로 된 철제 침대에서 삐거덕거리는 소리가 날 것이다. 깊은 잠에 빠져 있는 다른 사람들의 수면을 방해하게 된다. 침낭의 지퍼를 아래쪽으로 길게 내리는 소리는 이 고요한 새벽에 마치 얇은 천이 내지르는 비명처럼 들린다. 지퍼를 조금씩 내리는 것도 고역이고 오히려 침대는 더 크게 삐걱거린다.

론세스바예스(Roncesvallse), 겨울 알베르게의 이층 침대에는 보호난간이 없다. 바닥으로 오르내릴 사다리도 설치되어 있지 않다. 어젯밤 10시 무렵에 잠들었으니 네댓 시간 잠든 것 같은데 문제는 눈을 뜬 후엔 더 이상 잠을 이루질 못한다는 것이다. 정수리까지 침낭 속으로 깊숙이

피레네 산맥의 눈길

집어넣고 휴대폰을 누른다. 불빛이 새어나가지 않도록 숨죽이며 화면을 확인해 본다. 스페인과 8시간의 시차를 감안하면 한국 시간은 3월 5일, 오전 11시.

3월 초의 론세스바예스는 완연한 겨울이다. 어제 오후 이른 시간에 알베르게에 도착했다. 피레네 산맥을 넘어 도착한 첫 스페인 땅. 사방은 온통 눈으로 덮여 있고 공기는 차가웠지만 스페인의 태양은 따사로웠다. 숙박 체크인을 하는 시간이 남아 배낭을 내려놓고 기다렸다. 오후 2시가 되자 접수대에 앉은 나이 든 여성은 크레덴시알(credencial, 순례자 여권)과 한국 여권을 확인하며 순례의 목적이 무엇이냐고 물었다. 나는 '종교(religion)'라고 대답했다. 배정받은 침대 번호표를 가지고 룸으로 들어가면서 당연히 일층 침대에 배정될 거라 생각했는데, 웬걸 이층이었다. 흰 부직포로 만들어진 1회용 침대·베개 커버를 먼저 깔았다. 다음은 배낭을 열고 침낭을 꺼내 이층 침대에 펼쳐놓는 작업. 침대를 배정받은 다른 사람들이 하나둘씩 룸으로 들어온다. 그중에는 한국 청년도 보였다. 이층 침대를 오르내리는 사다리가 보이지 않았다. 발로 딛고 올라갈 수 있도록 디딤대만 세 개. 룸 안에서 이동할 수 있도록 흩어져 있다. 한밤중에 다른 사람의 도움이 없으면 꼼짝없이 내려오지도 못하고 고립되겠다 싶었다. 배낭 속의 나머지 짐을 꺼내 정리하고 샤워와 빨래를 하러 나간다. 피레네 산맥을 막 넘어온 탓으로 속옷은 땀으로 젖었다. 바깥 사방은 눈 쌓인 겨울 풍경이다. 캠핑카의 욕실처럼 비좁은 샤워칸에서 살살 나오는 미지근한 물로 땀을 씻어 낸다. 이곳 론세스바예스는 스페인의 카미노 출발 지점, 앞으로 한 달 이상을 이렇게 지내야 하는지, 기대 반 걱정 반이다.

성당에서 첫 미사

알베르게를 둘러보니 한국 사람 몇이 보인다. 청년들이 대부분이고 그중 나보다 연배인 이 선생과 인사를 했다. 이 선생은 저녁 6시에 이곳 성당에서 순례자를 위한 미사가 있다고 하면서 함께 가자고 권유했다. 나는 개신교 쪽이지만 어릴 적에는 가톨릭 성당에 다닌 적이 있어 별 주저함 없이 성당에 들어섰다. 오랜만에 접하지만 성당 내부의 분위기가 꺼려지지 않고 자연스럽게 다가온다. 세계 여러나라에서 온 순례자들 열댓 명이 함께 미사에 참여했다. 스페인어로 진행되는 미사 통상문은 전혀 알아듣지 못했지만 전례 순서가 조금씩 기억났다. 미사가 끝나자 집전하던 신부님은 순례자들을 앞쪽으로 나오라 하였고 제대 앞에 일렬로 늘어선 순례자들을 위해 축복 기도를 해주었다. 이곳 스페인에 들어와서 주일 저녁에 처음으로 미사에 참여한 것이다. 카미노에 본격적으로 들어서게 되었음을 감사하고 시작인 만큼 앞으로 남은 40여 일 동안 무사히 순례를 마칠 수 있기를 바라며 기도를 드렸다.

저녁 7시가 넘어 수도원의 레스토랑에 들어갔다. 디너를 신청한 순례자들이 모두 앉아 식사를 기다리며 담소를 나누고 있었다. 미사가 끝나고 늦게 입장한 나는 앉을 만한 자리가 눈에 띄지 않았다. 나는 두리번거리며 자리를 찾다가 빈 테이블에 외톨이로 앉았는데 건너편에 있던 외국인 남녀가 함께 앉자는 손짓을 한다.

어둠이 내려앉은 이 산골 수도원 밖은 돌아다니며 볼거리도 없다. 순례자 대부분은 새벽부터 생장 피에드포(Saint Jean Pied de Port, 이

하 '생장'이라고 함)에서 출발했다. 프랑스 길의 가장 힘든 구간으로 꼽히는 첫날 카미노(camino, 길)를 무사히 걸어왔다는 안도감으로 일찍 잠자리에 들기 마련이다. 밤 10시에 소등 되기 전까지는 각자 책을 읽거나 가족이나 친구들과 통화를 한다. 나는 거실로 나와, 오늘 걸으며 느꼈던 소회를 수첩에 기록했다. 프랑스의 국경 마을 생장에서 출발하여 이틀째의 순례길을 무사히 마칠 수 있도록 인도해주신 분께 감사드렸다. 휴대폰을 충전해야 하는데 콘센트에는 이미 다른 폰들이 어지럽게 꽂혀 있다. 내일은 보조충전기를 사용하기로 하고 난간이 없는 침대로 올라가 침낭 속으로 파고들었다.

두 가지 원칙

산티아고 순례길을 계획하면서 나는 두 가지 원칙을 세웠다. 첫째 관광객이나 여행자라기보다는 '순례자'라는 자세로 걷고 싶었다. 편안한 잠자리를 찾기보다 중세의 순례자들처럼 비좁고 불편한 잠자리여도 가급적 공립 알베르게를 선택하기로 했다. 상황이 되지 않으면 차선으로 사립 알베르게를 선택하고 도미토리형 침실에서 숙박하기로 마음먹었다.

두 번째는 먹는 일에 욕심내지 말자는 것이었다. 여행을 하게 되면 해당 지역의 맛집을 찾기 마련이지만 가능한 한 소박하게 끼니를 때우고 싶었다. 대책 없이 온몸에 눌어붙은 군살을 순례길을 걷는 동안 빼고 싶었다.

알베르게의 하루 숙박비는 공립은 8~10유로, 사립은 12~15유로 정도. 알베르게에 도착하면 근처에 있는 마트에서 빵과 과일 등의 먹거리를 구입해 간단히 식사하고, 이튿날의 간식거리도 준비한다는 계획이었다.

콤포스텔라까지 790km

론세스바예스 레스토랑에서 전날 예약한 아침 식사를 먹었다. 일찍 출발하고 싶었지만 아침 8시가 되어야 레스토랑이 문을 열었다. 여럿이 밖에서 기다리는데 찬 기운이 목둘레로 기어들어 왔다. 옷깃을 여미며 한참 움츠려 있다가 따뜻한 토스트에 커피 한 잔을 마시고 나니 살 것 같았다.

여기는 해발 950미터의 피레네 산맥 지역이라 사방이 눈으로 덮여 있다. 잔설이 남은 길을 저벅저벅 걸으며 카미노로 나서자 하얀 표지판에 검은 글자가 눈에 확 들어왔다. 산티아고 콤포스텔라가 790킬로미터가 남았다는…, 790킬로미터! 앞으로 한 달 넘게 걸어가야 할 길, 무사히 도착할 수 있을까? 제대로 갈 수 있을까?

혹시라도 감기에 걸리면 안 된다. 컨디션 조절도 잘해야 한다. 배낭에서 비니를 꺼내 깊이 눌러쓰고 마스크를 착용했다. 숙소에서 자면서 콜록거리거나 화장실을 자주 들락거린다면 곤히 자는 다른 순례자들에

도로 이정표

게 민폐가 된다.

숲 사이로 난 오솔길에는 눈이 덮여 있고, 눈에 찍힌 수많은 발자국들을 따라간다. 먼저 출발한 순례자들의 발자국은 홀로 걷는 내게 걸을 수 있는 힘을 더해준다. 혹시라도 미끄러지지 않기 위해 천천히 걸었다. 아침 일찍 출발한 사람들은 1~2시간 정도 앞서갔을 것이다.

청년 G는 새벽 6시가 채 안 되었는데 출발한다고 배낭을 꾸렸다. 한국에서 직장을 다니다 그만두고 산티아고 순례길에 왔다고 했다. G에게 좀 더 기다렸다가 천천히 출발하면 어떠냐고 권했다. 밖이 너무 깜깜해 방향도 분간하기 어려우니 동이라도 트면 출발하는 게 좋겠다고. G는 오늘 하룻동안 수비리를 지나 팜플로나까지 40킬로미터가 넘는 길을 걷겠다고 했다. 순례길을 걷기 위한 전체 일정을 아주 타이트하게 짰다고 한다. 한창 청춘이라 자신감이 넘칠 것이다. 순례길은 한 달 넘게 걸어야 할 길인 만큼 몸과 특히 다리에 무리가 되지 않도록 조심하라는 말밖에는 달리 해줄 게 없었다. 추운 새벽길, 그 깜깜한 숲길을 G는 혼자 걸어갔을 것이다.

걷다 보면 뒤쪽에서부터 자박자박 발자국 소리가 들려오곤 한다. 내 걸음이 느린 편은 아닌데 서양인들은 저벅저벅 잘 걸어서 나를 금방 추월한다. 다리가 길어서 그런가, 그들은 곁을 스쳐가며 "올라(Hola!)" 또는 "부엔 카미노(Buen camino)!"라며 인사를 한다. 나도 인사말로 맞장구치며 지나는 사람의 얼굴을 잠깐 바라보고 미소를 짓는다. 순례길을 처음 시작하는 이틀 전만 해도 미소 짓는 게 영 어색했지만, 점차 나도 모르게 입꼬리를 올리는 게 조금씩 훈련이 되는 모양이다.

사람들의 얼굴을 보면서 미소를 짓는 것은 기분 좋은 일이다. 불교에선 이웃에게 보시를 베푸는 방법 중 하나가 상대에게 미소를 지어주는 것이라 한다. 웃는 얼굴을 보여주는 것 자체가 덕을 베푸는 것이라 하였는데 여기 와서 그 말의 의미를 새삼 느낀다. 힘들게 길을 가는 사람들에게는 밝은 얼굴로 건네는 인사말도 큰 선물이며 계속 걸을 수 있는 에너지가 되어준다.

엊그제 불안한 마음을 안고 도착했던 생장의 55번 공립 알베르게에서 만난 프랑스 사람, 장과 플로가 보여준 환한 미소가 떠올랐다.

첫발을 내딛다

순례자 사무소

생장으로 향하는 열차가 바욘역 플랫폼으로 들어왔다. 객차 두 량이 연결된 아담한 열차에 탑승한다. 내부를 둘러보니 나들이 나온 소수의 현지인들만 보인다.

플랫폼을 빠져나간 기차는 천천히 달리기 시작한다. 완행열차의 창 밖으로 정겨운 시골 풍경이 이어진다. 점차 외진 시골로 들어간다는 느낌이다. 나뭇가지들이 기차 차창에 부딪힐 듯 가까이 다가오기도 하고 시냇물이 흐르는 광경도 보인다. 마음이 차분해진다.

기차가 멈추면 순례자 사무소까지 찾아갈 일이 걱정이다. 배낭을 멘 순례자들이 분명 있을 테고 눈치껏 그런 사람을 찾아 뒤따라가자고 스스로를 달래본다. 생장까지만 찾아가면 다음부터는 노란 화살표만 보고 걸으면 되겠지 싶었다. 몽파르나스역에서 좀 더 이른 시간에 출발하는

생장역에 내리다

TGV를 탔어야 하는데 정오 시간대를 선택한 게 실수였다. 도착하면 어둠이 곧 내릴 테니 생장 시내를 둘러볼 여유가 없을 것이다.

드디어 기차가 멈추고 사람들이 모두 일어선다. 배낭을 메고 천천히 기차에서 내리니 눈앞에 '생장'을 알리는 표지판이 서있다. 작은 역사의 출구를 향해 움직이는 사람들의 뒤를 따라 나도 역사를 빠져나왔다. 그런데 예상과 달리 큰 배낭을 멘 순례자 같은 사람들이 보이지 않는다. 작은 배낭을 메고 나들이 나온 사람들만 보인다.

멀리 산 아래 마을 쪽으로 올라가는 큰 길이 있다. 사람들은 그쪽을 향해 걸어가고 나도 그 뒤를 따라간다. 그러다 제 갈 길로 하나둘 흩어진다. 그제야 불안한 마음에 구글맵을 작동한다. 아직은 서툴다. 벌써 땅거미가 내리기 시작한다. 손에 쥔 휴대폰을 확인하면서 계속 걸었다. 맵을 따라 그리 넓지 않은 골목으로 들어섰다. 맞다. 여기가 그동안 산티아고 사진에서 자주 보았던 순례자 사무소와 55번 알베르게가 위치한다는 골목길이다.

순례길을 준비하면서 사진에서 보았던, 사람들로 웅성거리던 골목길 풍경이 아니다. 쌩하니 겨울 기운이 흐르는 스산하고 인기척 없는 길. 거리의 가게도 모두 문을 닫았다. 이 길 중간에 순례자 사무소가 있고 등록을 마치고 조금 올라가면 숙소가 있다고 들었다. 천천히 발걸음을 옮기니 일층에서 불빛이 새어 나오는 집이 있다. 안을 들여다보니 나이 든 두 남자가 데스크에 앉아 있다. 내부에는 산티아고 순례길과 관련된 장식과 가리비 등이 보인다. 으흠, 인기척을 내며 문을 열고 들어간다. 늦은 시간에 어리숙한 순례자 한 명 도착했답니다, 신고하러. 무료하게 의자에 앉아있던 할아버지가 나와 눈이 마주치자 웃으며 맞아준다. 그러자, 오늘 하루 마음속에 쌓였던 불안이 모래처럼 흘러내린다.

말로만 듣던 크레덴시알을 받는다. 봉사자인 할아버지는 내게 영어로 단어 하나하나를 또박또박 발음하며 말해준다. 할아버지의 성의가 감사해서 다 알아듣는 척 고개를 끄덕였다. 하얀 순례자 여권을 내주며 첫 번째 칸에 큼지막한 순례자 모양의 세요(sello, 도장)를 찍어준다.

이제부터 나도 순례자이다. 산티아고 순례길을 걷고 알베르게에 묵을 수 있는 순례자의 지위를 얻는 순간. 나 자신에 대한 대견함이랄까, 앞으로도 잘해 나갈 수 있으리란 자신감이 솟는다. 할아버지는 한쪽에 진열된 가리비를 가리킨다. 마음에 드는 것을 고르고 가리비 비용은 기부하면 된다고 한다. 아무런 무늬 없는 가리비를 골랐다. 앞으로 콤포스텔라까지 걸어가면서 내 옆에서 작은 힘이 되어줄 것이다.

아무래도 할아버지는 걱정되는가 보다. 내일 아침 이곳 생장을 빠져나가 산티아고 순례길을 탈 수 있는 마을 루트를 다시 짚어준다. 하지만 내 눈에 들어오지는 않았다. 어서 알베르게로 가서 짐을 풀고 쉬어야 한다는 마음만 앞섰다. 알베르게에 침대는 남아 있겠지만 가서 눈으로 확인하기 전까지는 안심이 되지 않았다.

생장의 밤

골목길은 오르막이다. 길 양쪽으로 오래된 집들이 늘어서 있다. 어둠이 내려앉기 시작한다. 55번 알베르게는 도로명 주소가 55번 건물이라 순례자들에게 자연스럽게 애칭으로 굳어졌다고 들었다. 걷다 보니 문 옆에 건물 번호가 적혀 있다. 맞은편에 돌로 쌓은 성문이 보인다. 중세의 흔적을 간직한 마을이다.

55번 건물 앞에 섰다. 나무로 만든 출입문이 반쯤 열려 있고 밖으로 빛이 흘러나왔다. 조심스레 문을 밀고 들어간다. 목재로 만들어진 문이 삐거덕 소리를 낸다. 테이블이 몇 개 놓여 있고 오른편으로 화장실이 보인다. 맞은편에 알베르게 사무를 보는 책상이 놓여 있다. 테이블에 앉아 있던 두 사람이 나를 향해 돌아본다. '헬로우' 인사하니 눈이 마주친 이들이 미소로 화답해준다. 한 사람이 손짓으로 배낭을 풀어놓으라 한다. 지금 관리인이 잠깐 밖에 나갔으니 곧 돌아올 것이라고 말해준다. 다행이다.

맞은편이 침대방인 모양이다. 화장실에 다녀오려고 했는데 아무리 봐도 남녀 구분 표시가 되어 있지 않다. 옆에 있는 샤워 칸도 마찬가지다. 잠시 후 관리인이 들어온다. 후드티를 입은 그의 모습이 마치 수도자 같다는 생각이 든다. 순례자 여권에 두 번째 세요를 찍는다. 침대 번호를 배정해주고 내일 아침 식사는 간단하게 토스트를 제공해주는데 무료라고 덧붙인다.

배낭을 들고 배정된 침대로 간다. 내부는 어둑했다. 이미 저녁 식사까지 마친 순례자들은 각자 침대 위에 침낭을 펴고 들어앉아 스마트폰을 보거나 대화를 나누며 쉬고 있다. 침대 아래 바닥에는 순례자들의 배낭과 물품, 신발 등이 어지럽게 널려 있다. 사생활이 그대로 노출되는 이 비좁은 공간에서 잠을 자야 한다. 어젯밤 파리의 호스텔에서 이층 침대를 경험했지만 여기는 훨씬 열악하다. 배정된 자리로 조심스럽게 들어가니 반갑게도 아래 칸엔 한국 청년이 있다. 여기 와서 한국 사람을 만나니 그나마 안심이 되었다. 그는 주변의 외국인들과 스스럼없이 영어로 대화를 나눈다. 나는 꿀 먹은 벙어리. 침대 옆 공간은 먼저 도착한 사람들이 놓아둔 짐으로 복잡했다. 비좁은 공간을 비집고 겨우 배낭을 내려놓았다. 먼저 돌돌 말린 침낭을 펴서 이층에 깐다. 0.1톤인 몸으로 이층까지 오르내리는 행동이 불편하다.

짐 정리를 마치고 숨을 돌리자 그제야 시장기가 몰려왔다. 점심 때 몽파르나스역에서 먹었던 샌드위치를 빼면 매사에 긴장하느라 배고픈 줄도 몰랐다. 내일 아침부터 걸으려면 생수와 간식을 미리 준비해야 한다. 한국 청년이 십 분 정도 걸어가면 마트가 있다고 알려준다. 하지만 저녁 8시가 넘은 시간이라 문을 닫았을 거라며 내일 아침에 가 보라고 덧붙인다. 알베르게에 묵는 순례자들의 분위기는 내일 아침부터 본격적인 순례가 시작하게 된다는 기대감으로 설렘과 불안이 교차하고 있었다. 한국 청년은 내일 새벽 6시에 잠에서 깨는 대로 바로 출발한다고 한다.

나는 생장의 밤 풍경도 볼 겸 잠깐이라도 밖에 다녀와야겠다고 마음먹었다. 어렵사리 도착한 생장인데 마냥 침대에서만 보낼 수 없었다. 바깥은 이미 어둠이 내렸지만 알베르게 밖으로 나섰다.

알베르게를 나서 언덕으로 올라가는 길을 따라 걸었다. 생장의 밤이 깊어간다. 휴대폰의 플래시를 켜니 울퉁불퉁한 돌길이다. 뒷산으로 오르는 길인가, 옛날에는 높은 지대라서 성이 들어설 만한 곳이다 싶다. 저 아래 생장의 불빛들이 별처럼 반짝인다. 이틀 만에 목표했던 생장에 무사히 도착했다. 한국은 새벽 4시가 넘은 시간.

멀리 바라다보이는 불빛들이 정겨웠다. 사람 사는 곳은 어디고 마찬가지이다. 순례자의 자리에서 쓸쓸한 마음으로 마을 불빛을 바라보는 경우와 달리 저 불빛 아래엔 하루의 일상을 마치고 잠자리에 들어가는 사람들이 있을 것이다. 문득 한국에서 고속도로를 달리며 보았던 구례 읍내의 밤풍경이 떠오른다. 멀리 바라다보이는 시골 마을의 밤은 하늘에서 별이 반짝이는 모습과 별반 다르지 않다. 나는 반딧불처럼 반짝이는 불빛을 보면서 시를 한 편 지은 적이 있다.

하늘에만 별이 돋는 것은 아니다
지상의 별은 살아 숨 쉰다

빛 하나에 소망을 담고
빛 하나에 가슴을 쓸어내리고
빛 하나에 외로움은 환해진다

어둠 속에서는 그 어떤 슬픔도 반짝인다

연줄처럼 이어진 빛이

별자리를 만들고

고혹한 숨소리를 내뿜는 별들은

끊임없이 이야기를 자아내고 있다

사람은 낮에는 비치지 않는

별을 하나씩 지니고 살아간다

하염없이 마을의 불빛들을 바라보고 있자니 쌀쌀한 기운이 몰려든다. 알베르게로 돌아왔다. 저녁을 미처 못 먹었다고 하니 한국 청년이 작은 비스킷을 내준다. 비스킷을 먹어도 시장기는 그대로지만 이제부턴 순례자로서 감수하기로 마음먹는다. 밤 10시가 되자 알베르게 전등이 모두 꺼졌다. 잠 못 들고 뒤척였는데, 언제 잠들었을까.

첫 번째 천사

새벽 일찍 깨어 더 이상 침대에 누워 있지 못하고 뒤척이다가 주방으로 나왔다. 시차 때문인가, 시계를 보니 새벽 3시 즈음. 수첩을 꺼내 일기를 쓰며 생각을 가다듬었다. 순례 첫날이라 잠을 이루지 못하는지 어떤 사람이 내 뒤를 이어 주방으로 나왔다. 우리는 잠자는 순례자들을 깨우지 않도록 나지막한 목소리로 통성명을 했다. 체구가 좋은 장은 휴대

생장 피에드포 마을의 아침 풍경

폰을 보면서 시간을 보낸다.

아침 6시, 사방이 캄캄한데 한국 청년이 주방으로 나온다. "부엔 카미노" 인사하고 헤드 랜턴을 켜고 바로 출발한다. 그후 하나 둘씩 잠에서 깬 순례자들이 주섬주섬 짐을 챙기고 주방에서 준비된 토스트를 먹는다. 이후 배낭을 메고 가볍게 문을 나선다.

나는 알베르게를 나서면 어느 방향으로 걸어야 피레네 산맥으로 가는 카미노에 접근할 수 있을지 모르는 상황이었다. 다른 순례자의 뒤를 따라가려 했는데 아침 7시가 넘어서자 순례자들 대부분은 "부엔 카미노" 하면서 알베르게를 출발했다. 론세스바예스까지 가는 길이 멀어 빨리 출발하는 모양이다. '나 혼자만 남으면 어쩌지' 하는 불안이 엄습한다.

생장의 마트가 문 여는 시간은 오전 8시 30분, 마트에 가서 물건을 고르고 계산을 마친 후 알베르게로 돌아오면 최소한 9시가 넘어야 출발할 수 있을 것이다. 늦게 출발하면 피레네 산맥을 넘어 론세스바예스까지 갈 수 있을지 불안해진다.

아침 8시, 주방엔 장과 금발의 아가씨 두 사람만 남았다. 그들은 왠지 급할 게 없다는 듯 대화를 나누고 있다. 할 수없다. 되든 안 되든 말이라도 붙여 봐야지, 나는 서툰 영어로 생수와 간식을 사러 마트에 다녀와야 되는데 기다렸다가 함께 출발하면 좋겠다고 말했다. 이곳 생장에서는 노란 화살표를 보지 못해 혼자 길을 찾는 게 쉽지 않겠다고.

두 사람은 미소를 지으며 고개를 끄덕였다. 어리숙한 아저씨 한 사람 구해주기로 마음먹은 것 같다. 어젯밤에 갔던 마트로 달음질한다. 8시 30분에 주인인지 점원인지 도착했지만, 급한 마음으로 기다리는 나는 아랑곳하지 않고 감감무소식이다. 한참을 기다려 마트 안의 조명이 켜지고 문이 열리자 부리나케 안으로 들어간다. 막상 진열대의 물건들을 보는 순간, 어떤 것을 사야 할지 막막해진다. 우선 생수부터 2리터짜리 하나 집어 들고, 이리저리 코너를 돌면서 빵과 사과를 집는다. 상품은 많은데 글자를 모르니 물건을 고르는 시간이 늘어졌다. 비닐 포장지에 물건을 담아 허겁지겁 알베르게로 돌아왔다.

9시가 넘어 돌아온 나를 장과 금발의 아가씨는 짜증 내는 기색 없이 미소로 맞아주었다. 그들에게 사과 한 알씩 건네준 후에야 배낭을 메었다. 몸이 휘청거릴 정도로 배낭이 무겁다. 생수 2리터는 2킬로그램인데 별 생각 없이 집어 들었던 것이다. 피레네 산맥을 오르려면 땀이 많이 나는 만큼 물을 많이 마셔야겠다는 단순한 생각이었다. 배낭 무게가 갑자기 3킬로그램 정도 늘어나버리니 어깨가 빠져나갈 듯 통증이 생긴다. 끙끙거리며 첫째 날 카미노로 나설 수 있었다.

금발 아가씨는 프랑스에서 왔다고 하며 이름을 플로라고 했다. 내가 발음을 못 알아듣자 자기 이름은 영어의 플라워, 꽃을 의미한다고 했다. 장과 플로는 스무 걸음 정도 앞서 걸어가고 나는 무거운 배낭의 고통을 드러내지 않으려 속으로 낑낑대며 혹시라도 그들을 놓칠까 봐 부지런히 뒤따른다. 만약 장과 플로를 만나지 못했다면 길을 찾느라 상당한 시간을 헤맸을 것이다. 두 사람은 카미노에 들어서서 만난 첫 번째 천사였다. 나무지팡이를 들고 걷는 장은 생장 시내에서 잠시 가게를 들르는가 싶더니 나와 플로에게 손톱 크기 정도의 성모 마리아상을 주었다. 카미노에서 처음으로 받은 선물이었다. 시가지를 벗어나 생장 외곽으로 나

장과 플로의 뒤를 따르다

간다. 2차선 국도가 펼쳐지고 그제서야 노란 화살표가 하나씩 눈에 들어온다. 흰 눈이 덮인 산이 멀리 보인다. 저곳이 피레네 산맥일까. 저 높은 산을 올라 넘어가는 게 맞는 길일까.

발카를로스에서 멈추다

생장을 출발해 론세스바예스까지 올라가는 카미노는 두 갈래로 나뉜다. 첫 번째는 나폴레옹길이라 부르는 산길이며 피레네 산맥의 비경을 볼 수 있다. 나폴레옹길은 산악 지형이라 겨울엔 눈에 덮이고 날씨가 급

변하기 때문에 4월이 되어야 통제가 풀린다. 두 번째는 발카를로스길이다. 이곳은 동절기 루트로 도로를 따라 걷는 길이다.

3월 말까지는 발카를로스길로만 걸어야 한다. 순례자 사무소에서도 이 시기에는 절대 나폴레옹길로 가면 안 된다고 강조했었다. 어떤 이들은 겨울철에 통제를 무시하고 나폴레옹길로 가다가 눈길과 악천후에 탈진해 구조를 요청하는 경우도 있다고 한다. 그렇게 조난을 당하는 경우엔 통제와 권고를 무시하고 산길을 오른 사람에게 책임이 있다 하여 구조에 따른 경비를 개인에게 청구한다는 말도 들었다.

생장을 벗어나 본격적인 오르막길이 시작되면서 주변에는 그림 같은 풍경이 펼쳐진다. 경사가 완만한 야산에는 목장이 조성되어 흰 양 떼들이 풀을 뜯고 있다. 계속되는 오르막길 구간을 걸으며 목가적인 풍경을 사진에 담는다. 첫날부터 기막힌 풍경을 보다니 기대하지 못했던 횡재다. 완만히 이어진 경사를 따라 마을과 마을을 잇는 도로가 이어진다. 오르내리는 길을 걷다가 급경사의 오르막길을 만나면 점차 어깨가 짓눌려지는 느낌이다. 이마에 땀이 송글송글 맺혀 외투를 벗고 나중엔 조끼도 벗는다. 걷다가 쉬다가를 반복한다. 우리나라에서 등산을 하면 초입의 오르막길이 힘들지, 나중에는 적응되면서 몰아쉬던 숨도 편안해지곤 했다.

그러나 피레네 산맥의 카미노에서 13킬로그램의 배낭과 어깨에 둘러멘 보조가방은 원수처럼 느껴진다. 가도 가도 오르막길이다. 눈으로 덮인 저 산의 능선을 넘어야 할까. 아득하게 바라보이는 피레네 산맥은 도저히 무너뜨릴 수 없는 장벽으로 다가온다.

장과 플로 일행과는 만났다 떨어졌다 하며 계속 걷는다. 그들이 눈앞

양 떼 목장

에서 사라져 멀리 갔나 싶으면 두 사람이 쉬고 있는 장소에 닿는다. 그대로 지나쳐 한참 걸어가다 내가 쉬고 있으면 그들이 또 지나친다. 마주칠 때마다 파이팅 하면서 인사하지만 그들 역시 배낭을 메고 오르는 카미노가 쉽지 않은가 보다.

한편 프랑스와 스페인의 국경은 어떻게 경계선이 그어져 있을까 궁금했다. 국경 검문소가 있어 여권을 확인하고 보내주겠지라고 생각했다. 두 시간여 걸었을까, 마을이 나타나고 큰 건물 위에 대형 스페인 국기가 펄럭인다. 아무런 경계선이나 표지석도 보이지 않았다. 적어도 두 나라 사이의 국경인데 말이다. 내가 못 보고 지나쳤을 수도 있다. 갑자기 나타난 스페인 국기. 도로 표지판이나 길가의 집, 군데군데 적혀 있는 언어가 달라진다는 느낌뿐.

도로를 따라 열심히 걷다 보니 큰 마을이 나타난다. 도로를 따라 좌우에 주택과 건물이 들어서 있다. 마을 입구에 숙소가 보이지만 문을 열지 않았다. 맵으로 확인해 보니 발카를로스 마을이다. 계곡을 너머 건너편엔 목가적인 풍경이 다가오고 흰 눈을 뒤집어쓴 피레네 산맥의 정상부가 손에 잡힐 듯 가까워졌다. 발카를로스에 닿기 전 쉼터에서 만난 장과 플로는 오늘 늦더라도 론세스바예스까지 걸어간다고 했다. 저녁 무렵에나 닿겠다고 하는데 나는 그곳까지 걸을 자신이 없었다. 다음번에 나타나는 마을에서 알베르게가 보이면 머물러야겠다고 말했다. 걷는 건 괜찮은데 배낭의 무게 때문에 어깨에 걸리는 통증이 심해서 앞으로 나아가기가 어려웠다. 오늘 아침에 보여준 그들의 배려에 저녁에 식사라도 함께하고 싶었지만 두 사람은 "부엔 카미노" 인사를 남기고 서둘러 걸어갔다.

만약 론세스바예스까지 간다면 네댓 시간 걸릴 것이고 산중의 해는 빨리 떨어진다. 발카를로스 마을의 알베르게를 검색하니 문 연 곳이 있다. 혼자 힘들게 모험하기보다 이곳 알베르게에서 머무르기로 마음먹고 배낭의 끈을 고쳐 멘 후 천천히 알베르게로 향했다. 그후로 장과 플로와는 다시 만나지 못했다.

수비리로 가는 길

론세스바예스에서 팜플로나까지 이어지는 순례길 구간에서 종종 마을을 만난다. 순례자들이 도중에 머무르는 곳이 수비리(Zubiri)라는 마을이다.

눈이 덮인 고지대는 완연한 겨울 분위기였다. 길에도 숲에도 마을에도 눈에 덮여 있었다. 농가 마당에는 겨우내 사용할 장작들이 차곡차곡 쟁여져 있다. 고도가 낮아짐에 따라 희끗희끗해지는 산야의 풍경, 어느새 여기저기 잔설만 남은 듯싶더니 어느 순간 주변에 눈이 보이지 않는다. 겨울에서 초봄으로 바뀌는 길을 한나절 만에 걸어왔다.

피레네 산맥을 넘어 론세스바예스까지 고도를 높여 걸어왔다면 반대로 수비리까지는 완만하게 내리막길이 이어진다. 내리막길에서는 배낭과 내 등이 밀착되어 한 몸처럼 느껴진다. 짐의 무게가 부담스럽지 않다. 내 체형은 어깨가 좁고 거북목이라 지난 이틀 동안 어깨를 파고들었던 통증에 시달려야 했다. 동전이 천천히 굴러갈 정도의 내리막길은 피

수비리로 가는 카미노

레네 산맥을 넘던 때의 고통을 점차 잊게 해주었다.

수비리의 하늘은 화창했다. 피레네 산길을 오를 때는 배낭의 무게로 인해 마치 죄진 자의 심정으로 걸었다. 배낭과 짐을 십자가로 여기자는 생각, 마음에 남아 있던 여러 가지 빚들, 그동안의 삶에 대한 반성이 뒤따를 수밖에 없었다. 그러나 몸이 편안해지는 구간에서는 마음도 풀어진다. 환경에 따라 사람 마음이 변한다는 건 여기 카미노에서도 마찬가지였다.

잔돌이 깔린 길

수비리가 약 6킬로미터 남은 지점부터는 우리나라 산야의 등산로와 별 차이가 없다. 넓지 않은 산길에는 활엽수에서 떨어진 낙엽들이 깔려

있다. 순례자의 발길에 채인 나무뿌리가 드러나 있기도 하고 돌무더기가 널려 있는 길도 있다.

천천히 걷는 중에 쉼터에서 한국인 C를 만났다. 론세스바예스의 만찬장에서 봤었다. 그와 앉아서 간식을 나눴다. 배낭에서 사과를 꺼내어 그에게 주었고 나는 초콜릿을 받았다. 말문이 트여 이야기를 주고받게 되었다. C는 얼마 전 회사에 사표를 제출하고 산티아고 순례길에 왔다고 한다. C와 나는 앞서거니 뒤서거니 완만한 내리막길을 걷는다.

"잔돌들이 많네요, 미끄러지면 큰일 나요."

부서진 암석, 잔돌이 널려 있는 내리막길에서 조심스레 발을 내딛는다. 미끄러져서 발목을 겹질린다거나 중심을 잃고 쓰러지면 큰일이다. 스페인에도 구조대가 있을 테니 해결할 수 있겠지만 그 이후는 어떻게 될지 알 수 없다.

살다 보면 큰 바위나 작은 돌, 잔돌 같은 장애물을 수없이 만난다. 장애물은 여러가지 형태로 길 위에 놓여 있다. 쉽게 넘을 수 없는 큰 장애물은 피해 가면 된다. 삶에서 큰 위험은 회피할 수 있다. 작은 돌이 끊임없이 이어진다. 잔 돌들은 밟고 지나간다. 오히려 작은 장애물을 조심스럽게 지나가지 않으면 미끄러져 낭패를 당한다. 조심해도 미끄러지는 경우가 있다. 나는 작은 장애물이라 여긴 상황에 걸려 넘어진 적이 많았다. 넘어지지 않도록 내게 스틱의 역할을 해주는 이는 누구였을까.

C와 나는 낙엽과 작은 돌들이 널려 있는 내리막길을 통과했다. 산티아고 순례길에 들어서서 처음으로 말상대를 만난 셈이다. 나이 차이는 있지만 직장 생활의 경험을 나누는 시간이 유익했다. 순례길에서는 가면을 쓸 이유가 없다. 자기 자신을 만나고 내면에서 들려오는 목소리를 듣기 위한 여행에서 굳이 자신을 감출 필요가 없다. 순례길을 찾는 사람들은 자기의 지나온 삶을 돌아보며 새로운 행로를 찾으려는 경우가 많다. 솔직한 대화가 이어진다. 세속의 계급장을 떼고 단순한 순례자라는 차림으로 갈아입었기 때문에 가능한 일인지도 모른다. 상대의 마음을

공감하고 이해한다. 산티아고 순례길은 '잘난 나'를 만나는 것이 아니라 '온전한 모습의 자신', 상처받고 일그러졌던 자신을 만나고 또 내보일 수 있는 곳이라는 생각이 든다.

오래도록 이어진 내리막길 덕분에 가벼운 마음으로 걸을 수 있었다. 삶에 있어서도 천천히 내리막길이 이어졌으면 싶다.

첫 번째 도시 팜플로나

팜플로나에 도착하다

카미노에서 만나는 첫 번째 도시 팜플로나(Pamplona)로 향한다. 팜플로나는 고대 나바라 왕국의 수도였으며 특히 여름철에 열리는 산 페르민 축제와 황소 달리기로 잘 알려져 있다.

팜플로나 외곽에서 진입해 시내를 걷다 보면 바닥에 가리비 표지가 촘촘히 박혀 있어 길을 잃지 않고 걸을 수 있다. 처음엔 가리비를 따라가는 길이 어디를 향하고 있는지 알지 못했다. 우선 공립 알베르게를 찾아가야 한다는 생각이 먼저였다. 머지않아 카미노의 방향은 팜플로나 대성당을 향하고 있다는 것을 알게 되었다. 수비리 이후에도 C와 함께 조용히 걷다가 갈림길에서 헤어진다. C는 사전에 예약한 숙박지로, 나는 공립 알베르게를 찾아간다. 이틀 동안 함께 걸으며 C는 내게 많은 도움을 주었다.

팜플로나 대성당으로 가는 길

내 경우는 순례길 일정을 비교적 여유롭게 잡아 쫓기는 심정은 아니었다. 하지만 C는 순례가 끝나면 다시 일자리를 찾기 위해 곧장 귀국할 예정이라고 했다. 그는 혼자 걸으며 생각을 정리할 시간이 필요했을 것이다.

한 시간 가까이 걸어도 도심을 통과하는 길이 길게 이어진다. 멀리 중세 시대의 거대한 성채가 시선을 사로잡는다. 성의 높이와 규모를 보며 먼저 질린다는 느낌부터 받는다. 까마득한 성벽이 앞길을 턱 가로막고 있다. 우리나라의 산성이 인간적인 모습을 하고 있다면 팜플로나 성은 아군과 적군을 절대적으로 구분하는 경계선이자 방어벽이다. 저 높은 성벽은 적군이 과연 오를 수 있을까 싶을 정도로 우뚝하다. 팜플로나는 스페인의 바스크 지방에 속한다. 역사적으로 전쟁을 많이 치른 지역이었다.

구글맵을 보고 찾아간 공립 알베르게는 문이 닫혔다. 사자 머리가 조각된 육중한 철문 앞에서 이리저리 둘러보아도 문을 열지 않은 게 분명했다. 카미노 앱에는 3월 중순부터 문을 연다고 나와 있다. 어느덧 잔비가 추적추적 내리고 골목길을 이리저리 헤매며 어떻게 해야 할까 싶었다. 성으로 들어오는 골목에서 보았던 사립 알베르게로 갈 수밖에. 골목을 사이에 두고 알베르게 두 곳이 자리를 잡고 있는데 왼편을 선택했다.

팜플로나는 도시 지역이라 호텔, 호스텔, 알베르게 등 다양한 숙박시설이 있어 론세스바예스에서 만났던 한국인들과 재회하지 못했다. 사립 알베르게는 공립보다 내부 환경이 쾌적했다. 침대에도 커튼이 걸려있어 나름 프라이버시를 보호하지만 침대는 넓지 않았다. 외국인들만 있는 알베르게에 들면 괜히 마음이 불안해진다. 배낭이나 소지품을 분실 할까 봐 긴장을 풀 수 없다.

순례길에서 만나는 큰 도시에는 흔히 '중국인 상점(Alimentacion oriental)'이라고 부르는 마트가 있다. 한국 라면을 구하기 위해 구글맵을 보며 찾아갔다. 진열대 한편에 한국 봉지 라면과 컵라면이 보인다.

조촐한 만찬

평소 라면을 좋아하는 편이라 스페인에서 막상 대면하니 눈에 넣어도 안 아픈 애인을 만난 것 같다. 햇반과 비슷한 스페인식 쌀밥도 집었다. 많이 구입하고 싶지만 컵라면은 부피가 커서 배낭 속에 넣기 곤란하다. 봉지 라면은 알베르게에서 조리가 가능한지 몰라 들었다 놓았다를 반복했다. 알베르게로 돌아와 저녁 식사는 컵라면에 스페인 햇반으로 때운다. 컵라면의 국물을 남기지 않고 다 마셨다. 며칠 만에 매운 게 들어가니 속이 개운했다. 인천 공항을 떠난 이후 처음 먹은 한식이 컵라면이었지만 얼마나 감사한지 모른다.

팜플로나 대성당

비가 부슬부슬 내린다. 작은 우산을 쓰고 팜플로나 대성당과 성벽 주변을 산책한다.

스페인에서 만나는 성당은 일반적으로 대성당과 성당으로 구분할 수 있다. 작은 도시나 마을에서 만나는 성당은 대부분 '이글레시아스(Iglecias)'라고 부른다. 대성당(Catedral)은 주교나 대주교가 관할하는 성당이다. 팜플로나, 로그로뇨, 부르고스, 레온, 아스토르가, 콤포스텔라 같은 도시엔 대성당이 건립되어 있다. 대성당은 박물관으로 관리되는 경우에 많아 입장료를 내고 관람할 수 있다. 순례자 여권을 제시하면 입장료가 할인되고 성당의 세요를 찍어준다.

팜플로나의 산타 마리아 대성당은 밖에서 보았을 때는 수수한 외관

대성당의 박물관

이었지만 막상 내부로 들어가니 규모가 웅장했다. 고딕 양식으로 지어졌다고 하는데 미사 드리는 중심부엔 장식 없는 나무의자만 배열되어 소박한 느낌을 준다. 반면 사방의 회랑을 따라 조성된 소예배당의 장식과 조각, 그림들은 엄숙하고 장중한 분위기를 자아낸다. 대성당 옆에 박물관이 붙어 있는데 처음엔 박물관 입구를 찾기 어려웠다. 성당 벽에 작은 문이 하나 보여 열고 들어가니 박물관 입구였다. 성당의 중정이 보이고 회랑을 따라 가면 부속건물이 이어진다.

팜플로나 대성당에서 내부의 부속건물과 시설들을 둘러보았다. 중정 주변에는 비밀 아지트 같은 다양한 방과 공간들이 미로처럼 연결되어 있다. 성직자들의 생활 공간이자 사무를 보는 공간이다. 성화와 예술품을 전시한 방, 기도하는 방, 회의가 이루어지고 접견하는 방, 징계하는 공간 등이 들어서 있다. 사제와 성직자들은 이런 부속건물에서 그들만의 종교적인 일상을 보냈다. 대성당의 박물관을 꼼꼼하게 살펴보고 나오니 스페인 성당의 시설과 구조를 머릿속에 조금 그릴 수 있게 되었다.

우는 당신은 귀하다

순례자들은 달콤한 잠에 빠져 있다. 시차 때문인지 몰라도 새벽 3시 전후에 잠이 깨면 다시 잠들기 어렵다. 실내지만 쌀쌀한 느낌이 들어 침낭 밖으로 나가긴 싫다. 침낭 안에서 뒤척이다가 스마트폰으로 국내 소식을 검색한다. 그러다 다시 잠들면 한두 시간 더 잘 수 있다. 다시 깨면 아침 6시 전후가 된다. 이때부터 출발 준비를 한다. 화장실을 다녀오고 침낭과 배낭을 정리한다. 그후에 아침을 먹는다. 어제 저녁에 이어 컵라면으로 아침을 때운다. 라면만으로는 오래 걷기에 한계가 있다. 걷는 중간에 바르가 나타나면 가볍게 식사를 하고 바르가 없으면 준비한 빵과 비스킷으로 열량을 보충한다.

팜플로나의 아침, 혼자 출발한다는 불안감에 미적거린다. 바깥엔 어둠이 짙게 배어 있다. 골목길에 가로등 불빛만 환하다. 어제 오후부터 빗방울이 떨어지더니 보슬비가 그치지 않는다. 판초를 입기에는 답답할 것 같아 우산을 쓰기로 한다. 문을 열고 바깥 공기를 마셔 보니 차가운 기운이 감돈다. 오늘 가야 할 곳은 푸엔테 라 레이나라는 곳. 서둘지 않아도 점심 무렵이면 충분히 도착할 수 있는 구간이다.

로비의 의자에 앉았다 섰다 하며 꾸물거리다 한쪽 벽면에 걸린 낙서판에 눈길이 갔다. '좋았습니다, 감사합니다, 잘 지내고 갑니다'라는 흔한 인사말이나 숙박 후기, 미니 기념품 따위를 붙여 놓은 것이다. 한글이 보인다. 노트 용지를 찢어 단상을 적어 놓았는데 읽는 순간 내 마음을 울렸다.

> 별은 추운 겨울에도 얼지 않는다
> 하늘은 바람 불어도 날아가지 않는다

어느 시인의 시구를 가져온 것일까. 용지 아래 여백에 답장하는 글귀가 적혀 있다.

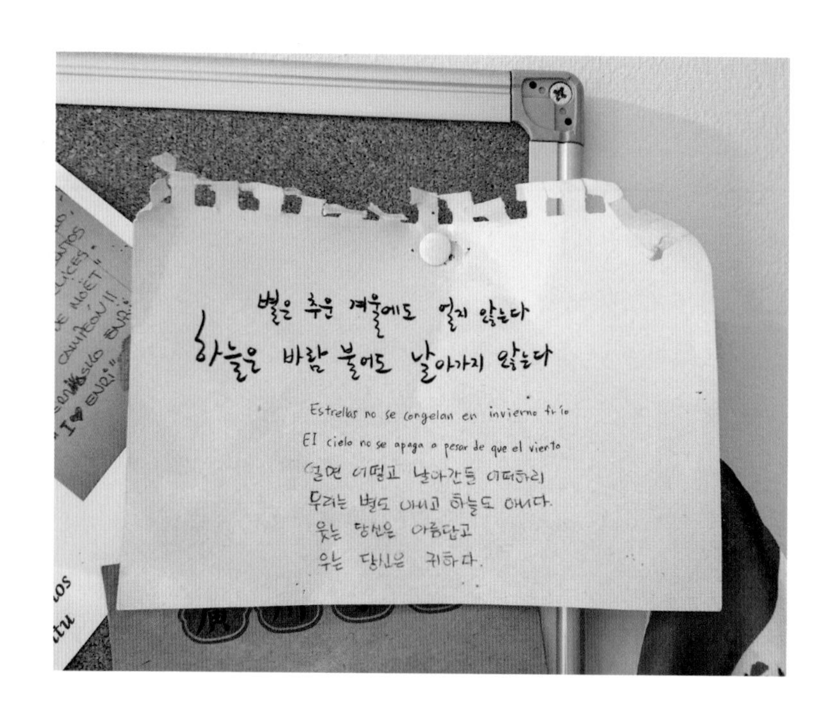

얼면 어떻고 날아간들 어떠하리

우리는 별도 아니고 하늘도 아니다

웃는 당신은 아름답고

우는 당신은 귀하다

나는 '우는 당신은 귀하다'란 한 문장을 읽으며 마음속에서 뭔가 치밀어 올랐다. 우는 사람이 귀한 사람이라니! 알베르게를 나서기 전, 벽면에 붙어 있는 글귀가 내 마음을 만져주었다. 나는 어쩌면 울기 일보 직전이었는지도 몰랐다. 순례길을 시작한 지 겨우 닷새. 초반인데 많은 일을 겪었다. 앞으로 한 달을 더 걸어야 하는데 어떤 일이 일어날지 모른다. 혼자 있게 되니 자꾸 자신감이 사라진다.

바깥은 아직 어둡고 비가 계속 내리지만 출발을 마냥 미룰 수는 없다. 밖으로 나섰다. 젖은 골목길이 반짝거렸다. 바닥에 가리비 문양이 보인다. 저 가리비만 따라 가면 팜플로나를 벗어날 것이다. 골목을 이리저리 돌며 지난다. 건물의 벽면과 바닥을 유심히 살펴보면 노란 화살표가 그려져 있다. 이른 아침인 데다 비까지 내려서 길에는 행인이 없다. 혼자 적적한 골목을 걷는다.

어느 순간, 바닥의 가리비가 보이지 않는다. 어, 하는 순간에 가리비가 사라지고 없었다. 길은 이리저리 갈라지는데 한순간 멍해졌다. 어쩔 줄 모르고 서 있었다. 행인이라도 지나가면 좋지만 이럴 땐 오가는 이도 없다. 이리저리 기웃거리며 가리비를 찾는다. 분명 가리비를 따라왔는데 잠깐 딴생각을 하다가 놓친 모양이다. 저쪽에서 우산 쓴 남자가 걸어온다. 밑져야 본전, 그에게 말을 붙여 보기로 했다.

"익시큐즈 미, 아이 엠 스트레인저 히어, 웨어 이스 카미노? 프리즈 헬프 미."

그는 나를 보고 빙긋 웃고는 따라오라고 손짓한다. 그가 앞서가고 나는 뒤를 따른다. 멀리 벗어나지는 않았으니 방향만 알려줘도 되는데, 골목길을 이리저리 돌다가 길게 이어진 거리가 나왔다. 그가 손으로 바닥을 가리켰다. 가리비 표시가 선명하게 박혀 있다. 그는 가리비를 따라가면 된다고 손짓을 한다. "부엔 카미노"라고 하면서 급히 사라진다. 또 울컥해진다. 비가 내리는 어둑한 아침, 잠시 길을 잃어 난감해하며 서 있는 내게 작은 친절을 베풀어준 것이다. 상냥한 미소로 인해 내 마음 깊은 곳에서 다시 걸을 수 있는 힘이 솟았다.

팜플로나 시내를 벗어나기 전에 또 길을 잘못 들었다. 공원을 따라 가는데 카미노 표지가 보이지 않아 고개를 갸웃하며 걸었다. 그때였다. 멀리서 조깅하던 할아버지가 나를 향해 뛰어오는 것이다. 할아버지는 내게 카미노가 이곳이 아니라며 옆으로 돌아가라고 손짓으로 말한다. 숨찬 목소리에 안타깝다는 표정으로 손사래를 치고 팔을 들어 방향을 일러준다. 불안이라는 마음의 장벽이 천천히 허물어지는 느낌이었다.

페르돈 언덕을 넘다

산티아고 순례길에서는 배낭의 무게를 줄이는 게 중요하다는 말을 여러번 들었다. 첫 번째로 버린 것은 등산용 물컵. 한 번도 사용하지 않고 배낭에 매달고만 다녔는데 수비리에 묵을 때 알베르게에 놓아두었다. 두 번째는 멀티탭. 숙소에 콘센트가 부족한 경우가 있다 하여 가져왔는데 예상보다 순례자가 적었다. 역시 알베르게에 놓아두었다. 세 번째는 에밀리 디킨슨의 시집. 쉬는 짬을 이용해 읽으려 했는데 욕심이었다. 팜플로나의 알베르게에는 순례자들이 놓아둔 다양한 언어의 책들이 놓여 있었다. 새벽에 출발하면서 시집을 꽂아두었다. 그 이상의 짐은 버리지 못했다. 스페인에 와서 배낭 무게가 줄기는커녕 생수와 간식을 가

페르돈 고개를 향해

지고 다녀야 하니 더 무거워졌다.

팜플로나 시가지를 벗어나면 멀리 맞은편에 꿈틀거리듯 앞을 가로지르는 산이 나타난다. 흐릿하게 시야에 들어오는 저 산을 설마 넘어야 할까, 그렇지 않고 옆으로 돌아가겠지 기대했다. 들판을 가로질러 앞으로 뻗은 카미노를 계속 걷다 보니 산이 점점 가까워진다. 고도가 높아진다. 앞을 가로막은 산의 모습이 다가오고 하늘과 맞닿은 경계엔 풍력 발전기들이 남태평양 이스터 섬의 모아이 석상처럼 줄지어 서 있다.

저 산의 고갯마루는 '페르돈(Perdon) 언덕'이라 불린다. 우리말로 '용서의 언덕'이다. 페르돈 고갯마루까지 오르는 길은 끝이 없을 듯 길게 이어진다. 뱀이 기어간 자국처럼 오르막길은 굽어져 있고 나는 숨을 헐

순례자 조형물

떡인다. 상체는 땀으로 젖는다. 외투와 조끼를 벗어 배낭 위에 묶어두고 생수를 마시며 헉헉댄다. 내 뒤편으로 다른 순례자가 뒤따라오는 모습이 아득하게 보인다. 저들은 내가 있는 곳까지 언제 도착할까 싶다. 숨을 돌리고 앞으로 뻗어 있는 길을 바라본다. 내 고개는 자꾸 아래로 숙여지고 시선은 바로 앞의 길바닥만 향한다. 사람은 힘들 때에 멀리까지 보지 못하는가 보다. 머리를 들어 고갯마루를 바라보지만 거리는 좀체 좁혀지지 않는다.

그래도 한 발자국씩 쉬지 않고 걸으면 목적지에 도달하는 법이다. 조금만 더 힘을 내자고 혼자 중얼거리며 걷다보니 거대한 풍력발전기가 성큼 다가선다. 저 굽이만 돌면 다 올라간다 싶지만, 돌아가면 다시 오르막길이 계속된다.

어느 순간 앞이 확 트인다. 고갯마루에 서니 팜플로나 시가지가 아득하게 보인다. 반대쪽엔 앞으로 걸어야 할 푸엔테 라 레이나를 향하는 산지가 이어진다. 용서의 언덕에는 철제 조형물이 서 있다. 중세시대 순례자의 행렬을 표현한 조형물인데 산티아고 순례길에서 널리 알려진 명소 중 하나이다.

고갯마루의 바람은 무척 거세다. 강풍을 맞으며 하늘과 구름, 초록 들판, 지평선을 향해 희미하게 뻗어 있는 길을 본다.

이 '용서의 언덕'에 서 있는 나는 무엇을 또 누구를 용서해야 할까. 내가 용서받아야 할 죄가 있다면 무엇일까. 문득 30여 년의 직장생활의 기억이 흑백영화 장면처럼 떠올랐다. 그리고 가족과 지인들. 그러다 정작 내가 용서해야 할 이는 어쩌면 바로 나 자신일지도 모른다는 생각이 들었다. 열등감에 찌들었던 때가 있었다. 다른 사람에게 상냥하게 대하려 노력했지만 정작 나 자신에겐 그러지 못했다.

론세스바예스에서 봤던 청년 K가 고갯마루에 도착했다. 반갑게 인사하며 카미노 초반에 느낀 생각을 잠시 나누었다. K는 무릎에 통증이 와서 빨리 걸을 수 없다 한다. 팜플로나에서 무릎보호대를 구입해 착용했지만 그럼에도 걸음걸이가 불편해 보인다. 뒤이어 청년 루치아노 군이 도착했다. 루치아노도 무릎이 아파 천천히 걸어왔다고 한다. 나는 한국에서 무릎보호대를 미리 준비했다. 생장에서부터 착용했는데 효과가 있었는지 여태까지 무릎이나 다리 부위에서 통증은 없었다. 발톱 세 개가 멍들어 까맣게 변한 것 외에는, 걷는 데에 큰 지장은 없었다.

두려워하지 말고 걸어라

Life begins where fear ends

산티아고 순례길에는 노란 화살표와 조개 문양이 들어간 표지석이 계속 나타난다. 갈림길을 만나면 파란색 바탕에 그려진 가리비가 어김없이 모습을 드러낸다. 순례자는 카미노의 표식을 보며 안심하고 걷는다. 순례길을 처음 걷는 초보자도 길을 잃지 않고 목적지까지 갈 수 있도록 안내자 역할을 톡톡히 해준다.

아침 일찍 푸엔테 라 레이나(Puente la Reina)를 출발해 에스테야(Estella)를 향해 걸을 때였다. 고갯길을 올라가던 중에 카미노 표지석 하나가 눈에 들어왔다. 콤포스텔라까지 남은 거리가 기록된 여느 표지석과 달리 가리비 문양만 그려져 있다. 그런데 표지석 앞면에 붙어 있는 글귀가 한눈에 들어왔다.

'Life begins where fear ends.'

푸엔테 라 레이나, 왕비의 다리

누군가 붙여 놓은 이 문장을 읽고 나는 얼어붙은 듯 한동안 그대로 서 있었다. 한참동안 들여다보고 반복해서 읽었다.

'두려움이 끝나는 곳에서 삶이 시작된다'

3월 2일, 새벽 5시 25분 순천역에서 KTX를 탔다. 광명역에 도착해 인천공항으로 가는 버스를 갈아타고 비행기에 탑승할 때까지 걱정과 두려움이 앞섰다. 국제선 비행기를 처음으로 혼자 타야 해서 매 순간순간 마음을 졸일 수밖에 없었다.

'혹시나, 안 되면, 자칫 실수하면, 알아듣지 못하면, 계획과 틀어지면, 하나라도 잃어버리면…'

예견되는 상황이나 장면을 따라 리허설 하듯 머릿속에서 시나리오를 그렸지만 걱정과 불안의 도가니에서 벗어나지 못했다. 스마트폰의 번역 앱이 잘 나와서 별 어려움은 없을 거라고 생각했다. 여태껏 큰 탈 없이 걷고는 있지만 뭐라도 하나 삐끗하여 잘못되면 나는 어쩔 것인가? 어디 가서 누구에게 하소연할 수 있을까? 여러 상황을 마주칠 때마다 겁이 났지만 막상 애를 쓰면 그럭저럭 풀렸다. '궁하면 통한다'라는 속담처럼 해법을 찾을 때도 있었다. 삶이란 원래 그런 것일까. 이 글귀는 산티아고 순례길을 걸으며 또 마치고 귀국할 때까지 내 입에서 매일 읊조리는 경구가 되었고 생소한 상황을 대할 때마다 두려운 마음을 이겨낼 수 있도록 도와주었다.

다음 날 쉼터에서 또다른 문장과 마주쳤다. 표지석에 누군가 매직펜으로 큼지막하게 써 놓았다.

'You are stronger than you know!'

보는 순간 무릎을 탁 쳤다. 그래 맞다! 내가 알았던 자신보다 나는 더 강한 사람이었다. 내가 의외로 강한 사람이라는 걸 모르고 살았다. 약함 가운데, 자신이 알지 못한 강한 속사람의 내면을 갖고 있지 않았을까. 힘들게 버틴 경험을 돌아보며 내가 가진 내면의 힘은 결코 약하지 않다는 자신감이 들었다. 약한 부분은 '약함' 그대로 인정하고 사람의 눈에는 비치지 않는 강함을 간직하자. 마음의 중심을 키워주시는 그분이 내 안에 거하신다는 생각을 잊지 말자며 자신을 다독였다.

이틀 사이 나는 길에서 두 스승을 만났다. 말의 힘이 무엇보다 크다는 것을 알게 되었다. 홀로 걷는 내게 앞으로 벌어질 어떤 일이나 상황도 능히 감당하고 헤쳐 나갈 수 있다는 용기가 되어주었다.

스페인의 이른 봄

평균 20킬로미터가량 걸으면 카미노에서의 하루가 지나간다. 걸음 수로는 3만~4만 보 정도 걷게 된다.

7일째 되는 날, 로스 아르코스(Ros Arcos)라는 곳에 묵을 예정이었다. 일주일 정도 지내다 보니 '산티아고 순례길이란 이런 곳이구나'라는 느낌이 오고 자신감이 붙기 시작했다.

순례길은 마을과 마을을 잇는 길이다. 스페인 마을을 지나다 보면 가장 높은 지대에 성당이 위치하고 있다. 노란 화살표는 마을이나 도시의 중심 역할을 하는 성당 앞을 통과하도록 이어진다. 성당 앞 광장은 주민들이 모여 대화하고 일상의 삶을 나누는 공동체의 중심지였다. 중세부터 순례자들이 머무를 곳은 주로 성당이나 수도원, 마을 공동체에서 운영하는 숙소였다. 마을을 빠져나가는 곳에는 공동묘지가 있다.

카미노를 연결하는 도시들도 별반 다르지 않다. 콤포스텔라에 도착하기까지 몇 개의 큰 도시를 경유하게 된다. 카미노 표지도 마찬가지로 도시의 대성당 앞을 향해 연결되어 있다. 도시 외곽에서 시내로 진입하

마을을 지나는 순례자

면 대성당까지 노란 화살표가 이어진다.

내가 사는 남도에선 3월이면 봄을 완연히 느끼게 된다. 2월 즈음 매화가 피기 시작하고 수선화의 노란 꽃대가 올라오면 뒤이어 생강나무, 산수유, 진달래가 뒤를 잇는다. 기후변화 탓인지 근래엔 봄꽃도 순서대로 피지 않고 한꺼번에 확 피었다 지기도 한다. 대기에 감도는 온기를 받아들이며 자기의 때에 맞춰 피는 꽃과 나무만큼 정직한 생명도 드물 것이다.

스페인의 3월은 춥다. 3월의 카미노 주변엔 봄을 알리는 꽃들이 잘 보이지 않는다. 아침마다 냉랭한 바깥 기운에 몸을 움츠리는 순례자는 빨리 태양이 떠오르길 기다린다. 새벽은 겨울처럼 춥지만 해가 뜨면서 점차 따스한 기운이 온 대지를 감싸준다.

포도밭들이 이어진다. 낮에는 뜨겁고 밤엔 차가운 기후가 포도나무에 잘 맞는 모양이다. 농장의 포도나무들은 마치 검은 옷을 뒤집어쓴 난쟁이 괴물처럼 줄지어 있다. 끝이 보이지 않을 정도로 너른 땅이 계속된다. 이 넓은 포도밭을 사람의 힘만으로 가꾸기는 어렵다. 트랙터 등 기계 작업이 가능하도록 포도나무 이랑 사이를 널찍하게 벌려 놓았다. 아직 웅크리고 있는 포도나무 역시 봄을 기다리고 있을 것이다. 포도나무는 1미터 정도의 높이로 키운다. 포도가 익어가는 여름철에 순례길을 지나면 싱싱한 포도를 맛볼 수 있을 것이다.

황홀한 아침 햇빛

아침 출발하기에 앞서, 먼저 맨손체조를 한다. 목부터 어깨를 거쳐 발목까지 관절을 천천히 돌려준다. 허리 굽히기를 통해 간밤에 경직된 몸을 푼다. 맨손체조는 기껏해야 15분인데 알베르게에서 함께 묵었던 사람들이 먼저 출발하기라도 하면 괜스레 마음이 급해진다. 알베르게 현관에 있는 거울에 나를 비추어 보니 초췌해진 모습이 역력하다.

로스 아르코스를 떠나는 아침, 햇살이 온 대지를 따스하게 비춰주었다. 날카롭게 저미던 찬 기운이 사라지고 햇살이 부챗살처럼 서서히 퍼지며 교회 첨탑부터 노랗게 물들인다.

나는 황홀하리만치 투명한 햇살이 비쳐드는 첨탑을 바라보았다. 햇살이 땅을 서서히 물들이는 모습을 본다. 동쪽 하늘의 구름이 금빛으로 빛나고 그 빛은 다시 땅을 향한다. 따뜻한 황금 손으로 부드럽게 대지를 어루만지는 것 같다. 금빛 햇살이 천천히 장막을 걷어내듯 땅을 물들이는 광경. 광야에서의 일출이 이렇게 아름다울 수도 있구나, 가슴속에 어룽지듯 감동이 다가온다.

금빛 햇살을 받으며 마을을 빠져나간다. 온몸이 기쁨에 겨워 소리 지를 것 같다. 초록빛으로 물든 대지, 경작을 준비하는 광활한 땅. 땅속에 콕 박혀 있는 풀씨들도 저 햇빛을 받으면 머지않아 기지개를 펼 것이다. 꿈틀거리는 온갖 생명의 기운이 느껴지는 것 같다.

아직은 대기에 찬 기운이 많이 남아 있어 작은 씨앗들은 더 기다릴 것이다. 대지를 적시는 햇볕은 생명을 탄생시키는 원초적인 힘이다. 사람들에게도 다시 시작할 수 있다는 희망을 준다. 금빛 햇살에 반짝이는 광야 풍경을 잊지 않으려 사진에 담는다.

온종일 비를 맞으며 걸었던 어제, 침울했던 마음을 오늘은 떨쳐버릴 수 있을 것 같다. 길은 앞으로 쭉 뻗어 있다. 카미노도 빛을 받아 반짝거린다. 멀리 신기루처럼 스페인의 농촌 마을이 아스라하게 보인다. 걸어갈수록 마을의 가장 높은 곳에서 빛나는 성당의 십자가가 점차 뚜렷해진다. 가다 서다를 반복하며 사진을 찍는다. 뒤에서 걸어오던 순례자들이 나를 추월한다. 스마트폰에 담을 수 있는 풍경을 하나도 빼놓지 않으려 몇 발자국 걷고 사진을 찍고 또 조금 걷다가 셔터를 누른다. 내 감정과 느낌까지 담고 싶었다.

로스 아르코스에서 출발하여 오늘 오후에는 스페인에서 만나는 두 번째 도시 로그로뇨까지 간다. 여태껏 걸었던 어느 구간보다 훨씬 멀다. 30킬로미터 가까이 걸어야 한다.

뒤처져도 괜찮아

이 선생 일행을 만나다

로그로뇨를 앞두고 큰 읍내를 지난다. 마을에서는 축제가 벌어지는 모양이다. 중심지의 거리에는 인파로 떠들썩하다. 거리를 따라 반달 모양으로 만든 형형색색의 장식이 줄지어 달려 있고 다양한 문양의 깃발들도 펄럭인다.

봄기운이 더해가는 한낮, 햇살을 즐기는 사람들은 삼삼오오 모여 웃고 떠든다. 바르와 레스토랑 앞에 놓인 야외테이블은 만석이다. 맥주와 와인을 앞에 두고 즐겁게 대화를 나누고 있다.

인파로 북적이는 거리를 배낭을 메고 묵묵히 걷는다. 바르에서 따뜻한 커피나 시원한 콜라를 한 잔 마시며 쉬고 싶지만 인파를 헤치고 들어가기 꺼려진다. 다른 사람들은 웃으며 하루를 즐기고 있는데 혼자 터벅터벅 걸으니 마음이 위축된다.

로그로뇨를 향해 걷는 순례자

마을 중심지를 지나자 이 선생 일행과 마주쳤다. 다국적 순례자 4명이 그룹을 이뤄 걷고 있다. 론세스바예스에서 헤어진 뒤로 일주일 만에 다시 마주친 셈이다. 일행은 순례자를 위해 설치된 음수대 주변에서 배낭을 벗고 쉬고 있었다. 조금 전에 도착한 모양이다. 물이 콸콸 쏟아지는 수도꼭지가 보인다. 인사를 나누고 음수대의 물을 마실 수 있는지 물었다. 헝가리 청년이 가득 채운 물병을 들어 보이며 걱정 말라며 식수라고 한다. '포타브레(Potable)'라고 음수대에 쓰여 있다. 마실 수 있다는 스페인 말이라고 한다. 배낭을 내려놓고 물을 받아 마신다. 한숨을 돌리자 이 선생이 말을 건넨다.

"혼자서 걸으면 힘들지 않아? 함께 움직이면 뒤처지지 않고 갈 수 있지."

"그러긴 한데 저는 해찰을 많이 하는 스타일이라 같이 움직이기 어렵네요. 좋은 풍경 만나면 오래 지켜 봐야 하고 길가의 들꽃도 마주치면 한참 동안 들여다봅니다. 함께 걷기에는 어울리지 않는 타입이죠."

"이 팀과 함께 걷고 있지만 나도 언제까지 걸을지는 모르겠네. 이 사람들은 다리가 길어 팍팍 치고 나가는데 따라붙기에 버겁다 싶어서."

"오늘은 어디까지 가실 건가요?"

"로그로뇨에 들어간다고 하는데…… 지금까지 걸은 구간 중에 제일 먼 거리야."

"저도 고민인 게 오늘은 지치네요. 로그로뇨까지 가고 싶은데 갈 수 있을까 모르겠어요."

"우리랑 같이 가지? 아직 남은 거리도 많으니 함께 걸어야 그나마 낫지."

"일행들은 괜찮아 할까요?"

"힘든 길이라 함께 걷는 거지. 마음이 안 맞거나 못 따라가면 자기 마음대로 하면 돼."

이 선생은 얼마 전 아프리카 킬리만자로산에 다녀왔다고 했다. 몸집은 크지 않지만 강골의 체력을 가졌다. 영어에 자유로워서 마음 내키는 대로 세계 여행을 떠난다고 한다. 부럽다고 하니 시간 나는 대로 삶을 즐기라고, 여행을 많이 다니라는 조언을 해준다.

놓쳐버린 스틱

로그로뇨까지 이 선생 일행을 뒤따라 걸었다. 나는 중간중간 스쳐가는 풍경과 작은 사물을 사진에 담느라 해찰을 한다. 일행과 멀어진 듯 싶으면 다시 따라붙기를 반복하며 로그로뇨 외곽까지 걸었다. 변두리의 빛바랜 집들을 지나 로그로뇨 입구의 잘 가꿔진 공원까지 함께 걸으니 수월하게 걷는 느낌이다. 산티아고 순례길에 들어와서 가장 멀리 걷는 날이다. 앞으로도 하루에 30킬로미터를 걷는 구간이 있다. 당장 내일 나헤라까지 간다면 다시 30킬로미터 가까이 걸어야 한다. 이틀 연속 30킬로미터를 걷는 건 현재의 몸 상태를 고려하면 무리가 될 것이다. 이 선생 일행은 분명 알베르게를 찾아 갈 것이다.

로그로뇨 시내로 진입해 공원을 지나자 강이 흐른다. 다리 위에서 흐

로그로뇨의 카미노 표식

르는 강물과 공원을 배경으로 서로 사진을 찍어주었다.

나는 사진을 찍기 전에 스틱 두 개를 다리 난간에 별 생각 없이 걸쳐 놓았다. 그때 화물차가 지나가며 교량이 약간 흔들리더니 아차 하는 순간에 스틱 두 개가 강물 속으로 풍덩 빠져 버린다. 이 무슨 낭패인가 싶어 교량 옆길로 내려갈 방법을 찾지만 절벽처럼 되어 있어 내려갈 수 없다. 피레네 산맥을 넘어 여기 로그로뇨까지 내 체중과 짐의 무게를 버티는 데 스틱의 힘이 컸다. 눈 깜짝할 새 수장되어버린 스틱 한 쌍. 다신 내 손에 들어오지 못할 스틱 두 개와 흐르는 강물을 번갈아 보니 허탈했다. 이 선생 일행도 안타까워했지만 별 수 없는 일. 스틱이 없이 앞으로 걸을 수 있을까 싶었다. 로그로뇨에서 새 스틱을 구하지 못하면 그 다음 도시까지 스틱 없이 걸어야 하는데 특히 무릎에 무리가 갈 것이다.

다리를 건너니 그리 멀지 않는 곳에 공립 알베르게가 위치해 있다. 배정받은 방에는 이미 순례자들로 꽉 차 있다. 돌아보다가 비어있는 침대 윗칸을 하나 찾았는데 배낭을 내려놓고 짐을 정리할 공간도 변변찮다. 빨리 정리를 마치고 스틱을 구할 수 있는 방법을 찾아야 했다.

관리인에게 물어보니 로그로뇨엔 데카트론이라는 대형 마트가 있다고 한다. 그곳에서 스틱 한 쌍을 구하기로 마음먹고 알베르게 봉사자에게 가는 방법을 물었다. 시내버스를 타면 바로 그 앞에서 내릴 수 있다고 알려준다.

혼자 버스 타고 찾아갈 수 있을까, 삶에서 두려운 상황을 만나는 순간이 다시 시작할 수 있는 때라며 자신감을 갖자고 되뇐다. 일러준 대로 버스 승강장을 찾아 기다리니 11번 버스가 온다. 여행자 카드를 버스 요금기에 대며 기사에게 '데카트론?' 묻는다. 그는 웃으며 '오케이'하고, 나는 기사 뒷자리에 앉았다. '데카트론, 콜 미'했더니 기사가 알아챘는지 고개를 끄덕인다. 버스는 로그로뇨 시내를 통과하며 이리저리 돌아 한참을 달렸다. 외곽에 대형 마트가 모여 있는 지역에 다다랐다. 나는 데카트론 매장 안을 천천히 둘러보며 스틱 한 쌍을 구입했다. 그리고 다시 버스를 타고 알베르게로 돌아올 수 있었다.

혼밥

로그로뇨에는 '타파스의 거리'가 유명하다. 이 지역 명물인 타파스를 꼭 먹어 봐야 한다는 얘길 들었다. 스틱을 자랑스럽게 들고 알베르게로 돌아왔지만 사람들은 보이지 않는다. 밖은 어두워지고 혼자 타파스 거리를 찾아가는 것도 관두기로 했다. 저녁을 어찌할까 생각하다가 로그로뇨에 중식집이 있다는 정보가 기억났다. 내 처지에서는 명물인 타파스보다 밥을 먹고 싶었다. 뜨끈한 쌀밥이면 좋은데 한식당이 없어 중식당을 찾아가기로 했다. 지친 몸을 이끌고 밥 먹기 위해 나섰다.

구급맵을 보고 찾아간 중식당 앞. 그러나 문이 닫혀 있고 영업은 저녁 8시부터라는 안내문이 붙어 있다. 스페인의 레스토랑은 느지막히 저녁 7~8시 경에 문을 연다. 오픈까지 1시간 남았는데 마냥 식당 앞에 서서 기다릴 수는 없었다. 쌀밥을 먹기로 작정한 내게 다른 메뉴는 눈에 들어오지 않았다. 주변의 아이스크림 가게로 들어가 식당 문이 열리기를 기다린다.

중식당 문이 열렸다. 내부는 꽤나 넓지만 손님은 거의 없다. 혼자 앉아 종업원이 가져온 메뉴판을 본다. 먼저 볶음밥을 주문했다. 인터넷에 올라와 있는 사진을 몇 장 가리키며 종업원에게 보여주었다. 키 작은 여자는 눈을 동그랗게 뜨고 '혼자 이걸 다 먹을 수 있어요?'라는 표정으로 쳐다본다. 지난 일주일 동안 곯은 배를 생각하면 가마솥에 쌀밥을 해서 통째로 가져오더라도 솥째 다 퍼먹을 수 있을 것 같았다. 종업원이 차례로 가져온 음식을 쉬지 않고 입에 넣었다. 볶음밥도 마찬가지, 한국에서 먹는 것보다 기름기가 조금 많다고 느껴지는 정도였다. 이것저것 맛에 신경 쓸 여유 없이 배 속으로 집어넣기에 바빴다. 중간중간 콜라를 한 컵씩 마시며 속을 달랬다. 식사를 마치고 남은 음식은 포장했다. 다음 날 아침 식사로 먹으면 될 것이다. 의자에서 일어나려니 포만감에 걸음걸이가 거북할 지경이다. 스페인에 와서 이리 잘 먹은 끼니는 처음이다. 알베르게로 돌아가기로 마음 먹고 식당을 나와 시내를 걸어간다. 알베르게까지는 20분 이상 걸어가야 했다. 시내를 통과해 지나가는데 거리엔 사람들로 붐빈다. 젊은 사람들은 모여서 손에 맥주를 들고 마시며 웃고 떠든다.

나는 북적이는 거리의 사람들을 피해가며 알베르게를 찾아간다. 인파로 들썩거리는 이곳이 아마 타파스 거리인지도 모른다. 혼자 사람들을 헤치고 들어가 타파스를 맛보자고 주문할 용기는 없었다. 터질 듯 배는 부르고 손에 비닐 봉지를 들고선 남은 음식을 생각하며 알베르게로 걸어왔다.

청설모와의 포옹

공립 알베르게에서는 아침 일찍 출발할 수밖에 없다. 아침 8시 이전에 짐을 꾸리고 나와야 한다. 순례자들이 떠나면 관리인은 알베르게를 청소하고 오후 1~2시에 그날 저녁에 묵을 순례자들을 받는다. 이 선생 일행은 먼저 출발했다. 혼자 로그로뇨의 도심을 빠져나간다. 어젯밤 인파가 넘치던 거리엔 지금은 인적이라곤 보이지 않는다. 바닥에 박혀 있는 가리비 표시를 따라 걷는다. 엇갈리는 골목엔 여지없이 노란 화살표가 눈에 띈다. 팜플로나에 비해 로그로뇨의 카미노 안내 표시는 덜 세심하다는 느낌이다. 여기까지 걸어온 순례자라면 카미노 표식을 요령껏 잘 찾을 수 있을 거라 생각했을까.

빌딩이 늘어선 번화가를 지나 걷는다. 횡단보도를 건너고 휴일 아침의 거리와 공원을 지난다. 어느새 도시 외곽으로 빠져나왔다. 카미노는 시원하게 뻗어 있다. 걷기에 좋은 날씨다. 청명한 기운이 넘친다. 포장되지 않은 흙길 위로 아침의 선선한 공기를 마시며 조깅하는 사람들이 보인다. 노부부는 손을 잡고 천천히 산책한다. 개를 데리고 함께 운동하는 사람들도 많다. 자전거를 타고 휙휙 지나가는 그룹. 휴일 아침, 급한 일 없이 사람들은 일상을 보낸다. 쫓기지 않는 그들의 표정엔 자기 삶을 온전히 즐기는 여유가 묻어 나온다.

멀리 호수가 보인다. 그라헤라(Grajera) 저수지라고 불린다. '갈까마귀가 모이는(둥지를 트는)'이란 뜻이라고 한다. 지금은 백조와 청둥오리들이 노닐고 있다. 사람들을 피하지 않고 새들도 휴일 아침을 즐기고 있다. 호수 주변을 따라 카미노가 이어진다. 물과 숲이 어우러진 순례길을 천천히 걷는다. 호수 옆엔 놀이터와 야영장, 바비큐장도 보인다.

숲속 길을 걸을 때였다. 저 앞에 청설모가 보였다. 나무 위를 오르내리는 청설모의 모습에 잠시 걸음을 멈추었다. 수북한 꼬리털을 가진 귀여운 청설모를 한참 바라보았다. 청설모가 쪼르르 땅으로 내려온다. 그리곤 몸을 곧추세우고 좌우를 두리번거리더니 몇 걸음 쪼르르 내 쪽으로 달려온다. 설마 내 앞으로 오는 건 아니겠지, 지켜보는데 한 번 더 내 앞으로 쪼르르 다가온다. 어느새 발 아래까지 달려온 청설모는 사람을

로그로뇨의 청설모

무서워하지 않는다.

이 녀석은 기어코 내 신발을 부여잡는다. 발을 타고 나를 기어오를 기세다. 나에게 올라오면 안 돼, 살며시 말을 건넸다. 청설모는 한참 내 발등을 붙잡고 있더니 내가 별다른 움직임을 보이지 않자 머리를 들고 내 얼굴을 바라본다. 네가 먹이를 받으려고 나에게 온 모양이구나, 그런 줄도 모르고 별난 청설모라고 생각했다. 녀석은 인정머리 없는 순례자를 만났다고 여겼을까, 쪼르르 다른 곳으로 달려가 버린다.

저 청설모는 내가 특별한 사람이라 접근한 건 아니다. 날마다 지나가는 순례자를 보면서 그들이 주는 먹이에 익숙해져 배낭을 멘 내게 자연스럽게 접근했는지 모른다. 알아보니 이 청설모는 순례자들에게 유명인사였다. 한참 동안 내 발등을 붙잡고 있었던 로그로뇨의 청설모, 짧은 재롱은 순례길의 색다른 묘미로 기억에 남아 있다.

벤토사, 걸을 수 있을 만큼만

벤토사는 면(面) 소재지 정도의 작은 마을이다. 이곳에 머무르게 되리라곤 예상하지 못했다. 당초 계획은 나헤라까지 30킬로미터 걸어가는 것이었다. 이틀을 연이어 장거리를 걸어야 하는데 오전에 쉬면서 나헤라까지 걸어가기에는 체력적으로 무리일 거라는 생각이 들었다.

순례길 초반에는 배낭이 나를 가장 괴롭히는 난적이었지만, 이젠 적응이 되어 오르막길이 아니면 그다지 신경 쓰지 않고 걸을 수 있게 되었다. 날마다 3만 보 이상 걷는 만큼 식사도 중요한데, 인스턴트식품으로 자주 때우다 보니 체력이 달리는 것 같다. 점심은 바르에서 커피와 빵으로 가볍게 먹고 일어서는 게 일상이었다. 숙면을 취하지 못하는 날들이 이어져 몸에서 진이 빠진 듯 힘에 부쳤다. 새벽 2~3시면 깨어나 잠을 이루지 못하는 날이었다. 의지하는 친구가 곁에 있었다면 마음 편하게 잘 수 있었을 지도 모른다. 순례자로서의 자세를 유지하자는, 어쩌면 오기 같은 생각에 점차 몸이 허물어지는 것 같았다.

『나는 산티아고 신부다』라는 책에서 인영균 클레멘스 신부는 이렇게 말한다.

> 다른 카미노와 달리 프랑스 카미노가 주는 특별함이 있다. 프랑스 카미노는 크게 세 구간으로 나눌 수 있는데, 순례자는 여정에서 구간별로 영적체험을 하며 궁극적으로 생명의 활력을 얻는다. 세 단계의 영적 체험이 순서대로 순례자 안에서 일어난다는 것은 아니다. 폭발적으로 세 단계 전부를 체험할 수도 있고, 한데 섞여 순차적으로 일어날 수도 있다. 아니면 어떤 단계의 카미노는 건너뛸 수도 있다. 산티아고 순례는 전적으로 내적이고 영적인 여정이기에, 순례자들은 변화의 여정을 거치면서 참 순례자로 거듭나게 된다.

인영균 신부는 첫 번째 체험을 '몸의 카미노'라고 소개한다. 순례자가 매일 걷는 과정을 통해 몸이 먼저 반응하기 마련이다. 실제로 걷다 보면 출발 전의 계획대로 움직이지 못한다. 몸이 순례길에 적응하는 데에 어느 정도 기간이 필요하다. 일상에서 벗어나 전혀 낯선 환경에서 자신의 본래 모습을 볼 수 있는 기회를 얻는다. 두 번째 단계를 '정신의 카미노', 세 번째는 '영혼의 카미노'라고 부른다.

지금 나는 '몸의 카미노'라는 과정을 겪는 중이리라. 매일 20킬로미터 정도 걷는 여정. 배낭 하나 메고 다니며 카미노를 온몸으로 체험하고 있다.

갈림길이 나온다. 벤토사라는 마을로 진입하는 길과 나헤라로 직진하는 길이다. 벤토사 진입로 입구엔 순례자의 모습이 그려진 큰 광고판이 세워져 있고 진입로는 깔끔하게 단장되어 있다. 순례자들을 맞이하는 마음이 느껴진다. 이런 마을에 바르가 있다면 쉬어가도 좋겠다는 생각이 든다. 마을로 안내하는 노란 화살표를 따라 오르막길을 오른다.

마을 입구의 쉼터에 앉았다. 이 마을에서 숙박하려는 계획은 없었다. 그런데 나헤라까지 갈 수 있는 체력은 안 될 것 같고, 이대로 나헤라까지 걸어가다 중간에 포기하면 알베르게를 만날 수 있을지 확신이 서지 않는다. 그때 승용차 한 대가 도로를 따라 올라왔다. 물끄러미 차를 바라보고 있는데 쉼터 앞에 와서 멈춘다. 차에서 내린 여성이 미소를 지으며 묻는다. 혹시 알베르게를 찾고 있는지, 나는 고개를 끄덕였다. 그녀는 자기가 운영하는 알베르게가 있다며 위치를 알려준다. 오후 1시가 지난 시간. 이르긴 하지만 지친 몸을 눕히고 싶다. 오후 내내 한적한 숙소에서 아무것도 하지 않고 그냥 햇볕이나 쬐며 쉬고 싶다.

여성은 차로 태워주겠다는 뜻을 표시하지만 사양한다. "Thank you. I will go only walking"이라고 답한다.

고요한 알베르게

벤토사는 순례자들이 많이 거쳐가는 마을이 아니다. 로그로뇨에서 출발해 나처럼 지친 순례자가 아니라면 통상 나헤라까지 걷기 때문이다. 크레덴시알에 세요를 찍고 이층으로 올라갔다. 일층은 로비이고 이층에 침대방이 있다. 방 안엔 이층 침대 세 개가 엇갈려 놓여 있다. 알베르게에 익숙해진 후에는 가급적 출입문 쪽에 가까운 침대를 선호하게 되었다. 처음엔 출입문과 가급적 떨어진 안쪽으로 들어갔다. 며칠 지나지 않아 문간의 침대에서 자면 밤중에 화장실 가기도 편하고 아침 일찍 짐을 꾸려나올 때에 걸리적거리지 않아 수월하다는 걸 깨달았다.

다른 침대 위에 배낭이 풀려 있다. 먼저 도착한 순례자와 나, 이렇게 두 사람만 자게 될까 싶다. 배낭을 열고 침낭을 침대에 펼친다. 옷을 챙겨 샤워하러 나갈 준비를 하는데 사람이 들어온다. 얼굴을 돌리며 "올라"하며 인사하는데 여성이다. 늘씬한 여성이 나를 바라보고 있다.

'이 여성과 한 방에서 둘이만 잔다?' 알베르게에서 가끔 있는 일이지만 여성의 입장에서는 불편할 것이다. 다른 순례자가 한 명 더 들어왔으면 싶다. 주방에는 전자레인지 말고는 다른 조리 기구는 없다. 작은 마을이라 마트도 없다. 주인은 식사하려면 마을의 바르를 이용하라고 알려주었다.

알베르게에는 보통 세탁기와 건조기가 설치되어 있는데 사용법을 몰라 그냥 지나쳤었다. 순례길에 와 보니 세탁기와 건조기 사용은 필수다. 초기엔 찬물로 손빨래를 했는데 며칠 지나지 않아 손등이 부르터 사흘에 한 번은 세탁기를 사용했다. 1회 사용하는 데 3~4유로 정도. 세탁기 안에 빨래를 넣고 동전을 투입하니 기계 돌아가는 소리가 났다. 그런데 급수하는 물소리가 먼저 들려야 하는데 쿵쾅쿵쾅 빨래 돌아가는 소리만 난다. 세탁기가 아니라 건조기에 빨래를 먼저 넣었던 것이다. 세탁기와 건조기도 구분하지 못하고 무턱대고 넣었다. 마당에 나와 책을 읽고 있는 여성에게 살펴달라 부탁했다. 그녀는 나란히 서 있는 기계 중에 세 번째가 세탁기라고 가리킨다. 요즘 젊은 세대라면 짐도 못 싼 채 쫓겨날

남편감이다.

넓은 마당은 깔끔하게 정리되어 있다. 비치 의자가 놓여 있어 그 위에 누운 채 스페인의 햇볕을 즐겼다. 눈부신 하늘. 일찍 알베르게에 들어와 한껏 여유를 맛본다. 여태 공립 알베르게 위주로 묵다 보니 북적거리고 좁아서 한가로운 기분을 느끼지 못했다. 여기에선 누구의 방해도 없이 고요한 오후, 스페인의 태양을 즐길 수 있었다.

옆에 앉아 책을 읽고 있던 여성과 대화를 나누었다. 그녀는 남미에서 왔다고 한다. 직업은 간호사. 간단히 카미노를 걷는 이유와 가족에 대한 대화를 나누었다. 딸이 한국에서 간호사로 근무하고 있다 하니 그녀는 미소를 보였다. 세상일과 멀찍이 떨어져 스페인의 태양을 맘껏 받아들이는 시간. 여기 벤토사에서 멈춘 게 다행이었다.

군둥내 나는 치즈

저녁 식사를 하러 마을로 나섰다. 동절기에는 마을의 바르 중 한 곳만 영업한다고 한다. 우리네 시골 마을 안길처럼 골목을 여러번 돌아 걸어갔다. 해가 떨어지면 시골마을엔 인적이 끊기고 골목길의 가로등만 빛난다. 멀리서 개 짖는 소리가 들린다.

동네 바르의 문을 열고 들어갔다. 몇 명 안 되는 주민들의 시선이 일제히 내게로 쏟아진다. 동양인이 혼자 들어오니 잠시 눈을 흘깃하고는 자신들이 하던 일을 계속한다. 마주 보이는 벽엔 대형 티비가 설치되어

벤토사 마을을 출발하는 아침

있고 스페인 축구 경기가 방영되고 있다. 그 앞 테이블에는 할머니 다섯이 앉아 카드놀이를 하고 있다. 우리나라 경로당처럼 할머니들은 화투 대신 카드 패를 쥔 채 이야기를 나누고 있다. 바르의 진열대에는 요기할 수 있는 빵들이 몇 개 놓여 있고 뒤쪽에는 맥주 기계가 번쩍인다. 나이 든 남자 둘이 맥주를 마시며 대화를 나누고 있다. 나는 둘러보다가 입맛에 맞을 것 같은 빵 두 개와 맥주를 주문했다.

한쪽 테이블에 앉아 차분하게 하몽이 들어간 샌드위치를 먼저 먹는다. 시원한 맥주로 갈증을 달랬다. 다른 빵을 들여다보니 멸치 같은 작은 생선이 올려져 있다. 진열대에서 봤을 땐 생선인지 몰랐다. 혹시 청어인가 싶은데 크림 치즈가 위에 놓여 있다. 생선류를 그리 좋아하는 편이 아니라 주저하는데 카드놀이 하는 할머니와 눈길이 마주쳤다. 할머니가 씨익 웃는 것은 왜일까. 입으로 가져가는데 된장 항아리의 뚜껑을 열었을 때 올라오는 푹 삭은 내음이 스며 나온다. 베어 물지 못하고 망설이다가 조금 씹어 보았다. 윽, 청어의 비린 맛과 곰삭은 치즈 내음이 입안에 퍼지는데 뱉고 싶었다. 내 표정이 일그러졌을까 싶은데 할머니의 눈길을 의식해 억지 미소를 띄워 보려고 했다. 연극배우로 나섰다면 성공했을 거다. 씹으며 남아 있는 빵을 들여다보았다. 이걸 다 먹어야 하나, 내가 돈 주고 구입한 것이니 남겨도 상관은 없다. 그때 알량한 자존심이 솟아오른다. 이것 먹고 설마 배탈이야 나겠나, 배 속에서는 음식을 넣어 달라 성화지만 반면 내 혀와 코에선 불협화음이 연주되고 있다.

그러나 내일 걸으려면 일단 먹어두어야 한다. 끝까지 해치운다. 남은 맥주로 천천히 입가심을 한다. 스페인 시골 마을의 저녁, 그 일상을 사람들은 어떻게 보내는가 보고 싶어 오래 앉아 있었다. 할머니들은 손을 놀리며 카드 패를 움직인다. 바르의 불빛은 카드가 놓여 있는 자리를 중심으로 환하게 비친다.

문득 파리의 몽파르나스역에서 느꼈던 냄새가 떠올랐다. TGV를 타기 위해 플랫폼으로 급히 걸어가는 순간, 기차에서 내린 사람들이 한꺼번에 몰려나오고 있었다. 우르르 걸어오는 사람들 틈을 비집고 지나가는데 갑자기 꼬리한 노린내 같은 냄새가 확 풍기는 것이다. 나도 모르게 기겁했다. 말로만 듣던 서양 사람들의 체취인가 싶었다. 청어와 오래된 치즈가 만나 내 코를 자극한 향이 몽파르나스역에서 느꼈던 서양인들의 체취와 비슷한 것 같았다.

사람들마다 특유의 체취를 지니고 있다. 나 역시 그럴 것이다. 삶이 익어가는 과정에서 늦가을의 금목서처럼 다른 이들을 끌어들이는 향기가 풍겨 나온다면 얼마나 좋을까?

햇빛과 바람과 적막의 공간

바람이 나를 흔든다

온통 주변은 포도원 아니면 밀밭이다. 푸른 싹이 돋아나는 무변광야(無邊曠野)의 땅은 하늘과 닿는 곳까지 뻗어 있다. 광야는 텅 비고 아득히 넓은 들이다. 여기에서 바람은 마음껏 뛰논다. 뭐라 콕 집어 말할 수 없는 무언가 바람과 함께 다가온다. 영혼의 힘이나 목소리 같은.

스페인은 바람을 키우는 땅이다. 밀과 포도뿐 아니라 바람도 자란다. 바람은 광야의 숨결이다. 살랑거리듯 미세하게 움직이다가도 어느 순간 세상을 뒤흔들 듯 다가온다.

이곳 대지에선 바람을 벗어나거나 피할 수 없다. 온몸으로 맞거나 견뎌야 한다. 그늘은 바람으로 인해 사라진 땅이다. 바람은 제 그림자를 남기지 않는다. 나무 한 그루만 서 있다면 햇볕은 피할 수 있을 것이다. 바람과 햇볕은 자신을 막을 장애물이 없다는 걸 안다.

A Santiago

우리네 바람의 이름은 얼마나 아름다운가. 하늬바람, 마파람, 높새바람, 샛바람, 소소리바람, 뒷바람, 회오리바람, 건들바람….

밀의 여린 잎새는 바짝 고개를 숙이고 흔들린다. 낮아야 바람을 적게 받는다. 나는 배낭의 무게를 감당하며 스틱으로 땅을 찍으며 나아간다. 강한 바람에 몸이 흔들린다. 바람은 비명을 지르듯 온 땅의 먼지를 끌어올리며 몰려올 때가 있다. 거세게 휘몰아치다가 지나간 뒤에는 가볍게 뺨을 어루만져주기도 한다. 3월 중순, 봄을 기다리는 마음을 아랑곳하지 않는 바람은 심술궂은 장난꾸러기이다. 봄을 시샘하듯 제 위력을 뽐내고 있다.

순례자는 스카프로 얼굴을 가리고 눈만 내놓고 걷는다. 바람과 먼지를 피할 곳이 어디쯤일까, 배가 고프다. 광야를 갈라치듯 길은 앞으로 뻗어 있다. 거센 바람에 나무도 자라지 못하는 땅이다. 광풍이 지나는 흔적은 먼지구름을 보고 알 수 있다. 폭풍 같은 바람이 순례자를 때릴 때는 먼지와 함께 온다. 먼지 바람을 등지고 돌아서서 이 광풍이 빨리 지나가기를 바라는 수밖에 없다. 열흘 가까이 카미노를 걸으며 가장 힘든 날이다. 이곳은 바람의 나라, 이 광야를 지날 때에는 짐의 무게보다 거친 광풍이 두렵다. 카미노엔 사람이 보이지 않는다. 아침에 출발해 다른 순례자를 보지 못했다. 순례자가 한 명이라도 걸어가고 있다면, 그 뒷모습이라도 볼 수 있다면 훨씬 기운이 났을 것이다. 코발트빛 하늘과 흰 구름 아래로 바람을 친구 삼아 걸을 뿐이다.

오른쪽엔 구릉이 이어진다. 저 돌아가는 굽이에 작은 토굴 같은 게 보인다. 잠깐이라도 바람과 먼지를 피할 수 있다면, 그런 쉼터가 있다면 시장한 배 속을 채우는 게 급선무였다. 배낭에는 비상식량인 바게트가 있지만 눅눅해진 상태일 것이다. 반원형의 납작한 토굴이 보인다. 허리를 숙이지 않아도 되는, 머리가 천장에 닿지 않을 정도의 높이. 큰 드럼통을 절반으로 잘라 엎어 놓은 듯, 바람을 피하려는 대피소가 분명하다. 경사진 언덕이 시작되는 반대편 입구는 토사가 밀려들어 와 막혀 있다. 바람 부는 방향과 엇갈리게 만들어 놓은 공간이다. 사람들이 쉬어간 흔적과 잔재물이 보인다. 바닥은 지저분하지만 그래도 바람과 먼지를 피할 수 있는 대피소라도 만난 게 다행이다. 배낭을 내려놓고 빵부터 꺼내 허겁지겁 먹기 시작한다. 거센 바람에 모자는 물기를 짠 행주처럼 쪼그라들었고 얼굴은 그을렸다. 입술은 햇볕과 바람에 탔는지 허옇게 변해 각질이 일어났다. 눅눅한 바게트와 생수병에 든 물로 배를 채운다. 바르를 만났더라면 그곳에서 점심을 때우려 했던 계획은 사라져버렸다.

토굴에서 숨을 돌린 나는 다시 먼지가 이는 카미노로 나서기가 무서웠다. 몸이 힘들 때에는 먼저 입술부터 까칠해지는 것 같다. 스페인이 넓은 땅이라고 하지만 길에서 사람을 마주치기가 이리 어려울까. 갑자기 사람이 그리워진다. 국적이나 용모, 나이 등 상관없이 사람을 보고 싶다. 아침부터 정오 무렵까지 계속 걸어왔지만 시골 광야의 카미노에는 사람의 그림자도 나타나지 않는다.

프랑스 길을 걷는 중반까지 낯선 스페인 발음으로 나타날 마을이 큰지 작은지 또는 도시인지 알지 못했다. 나중엔 구글맵을 확대해 보고 확인하는 요령을 터득했지만 큰 마을일 거라 기대하고 도착한 곳이 작은 동네에 불과하고 기대하지 않았던 마을이 반대로 규모 있는 도시이기도

시루에나를 향하는 길에서

했다. 경유하는 마을에서 바르가 있어 점심을 먹으면 다행이었다. 그렇지 않으면 준비한 비상식량으로 때우는 날이 이어졌다.

앞길을 모르고 걷는 순례자에게 불안은 늘 따라다닌다. 내가 믿는 그분을 신뢰하는 마음이 먼저라고 생각했다. 나를 굶거나 넘어지게 아니하시는 분이라 믿고 싶었다. 힘든 상황에서도 마음이 차분한 이유가 신뢰에 바탕을 둔 내적 평안에서 비롯되는지 아니면 내 의지대로 움직이는 자유로운 편안함인지 구분할 수는 없었다. 그러나 어떤 상황에서도 나를 곤핍하게 놓아두지 않으시리라는, 설사 그러더라도 그분의 뜻이 있을 거라 여기며 걷고 싶었다.

마음을 훑고 지나가는 소리

시루에나에 도착하기까지 바람은 쉬지 않고 내 마음을 훑고 지나갔다. 밀알은 싹을 틔우고 하늘을 향해 여린 이파리들을 밀어올리고 있다. 이 밀이 자라 열매를 맺고 누렇게 익어가는 계절이라면, 바람은 밀 익어가는 향기를 순례자에게 전해주리라. 밀 이삭을 흔들며 스쳐갈 것이다. 밀은 바람의 마음을 알까. 어루만지는 바람의 손길. 잔잔한 파도에 밀리듯 흔들리는 밀잎들. 나는 광야에 서서 밀 이삭들이 바람에 흔들리는 모습을 상상해 보았다.

얼마나 걸었을까. 구릉을 넘어서자 저 멀리 마치 한 개의 점처럼 사람의 형체가 보인다. 사람을 보게 되자 힘이 나기 시작한다. 이 길을 혼자 걷고 있는 게 아니었다. 오늘 따라 바람이 세찬 것인지, 아니면 이 구간만 바람이 거센 것인지 나는 모른다. 이날 마주친 바람만큼 거센 광풍을 만난 적은 없었다. 무거운 배낭을 메고 걸으면서도 몸이 흔들릴 지경이었다. 점차 기운을 내기 시작하자 앞 사람과의 거리가 조금씩 줄어들었다. 호리호리한 사람의 뒷모습이 보인다. 바람이 거센지 그도 움찟거리고 흔들린다. 햇볕을 막으려고 외투를 배낭 위에 두른 채 걷고 있다. 나는 스틱에 몸을 의지하고 있지만 그는 다리로만 지탱하며 걷고 있다. 긴 다리로 성큼성큼 걸으면서도 먼지와 바람 때문에 힘들어하는 모습이 느껴졌다. 그가 잠깐 뒤돌아본다. 먼지바람 때문일까. 나는 손을 흔들어주었다. 그도 나를 보았는지 팔을 위로 뻗으며 흔든다. 오늘은 카미노에서 앞서든지 아니면 뒤에 따라가든지 사람을 본다는 것 자체로 힘이 난다. 기운을 얻는다.

다시 오르막길이 시작된다. 이 길 끝에서 시루에나라는 마을이 나타날 것이다. 멀리 소나무들이 듬성듬성 자란 숲정이가 보인다. 이제 바람과 먼지투성이였던 광야를 벗어날 수 있는가 보다. 오르막 고개에 다다르니 쉼터가 있다. 배낭을 벗어 놓고 마지막 남은 초콜릿을 입에 넣는다. 소나무 가지들이 바람에 휩쓸려 깃발처럼 나부낀다. 저 소나무들은 날마다 바람을 맞고 어떻게 견디나 싶다.

카미노의 아침 풍경

파란 칠의 알베르게

특이한 집이다. 알베르게의 벽을 온통 파랑으로 칠해 놓았다. 파란 벽과 대비되는 노란 창틀이 이색적이다. 알베르게 주인의 취향이 궁금해진다. 거리마다 가벼운 잡동사니들이 굴러다닌다. 빨랫줄에 걸린 옷가지는 휭휭하는 바람에 춤을 춘다. 다른 곳을 찾아갈까 생각하다가 문을 열고 들어선다.

좁다란 복도와 이층으로 올라가는 계단이 보이고 오른쪽에 거실과 주방이 위치한다. 거실에 큰 불상 하나가 떡하니 놓여 있다. 주인이 밀교를 신봉하든지 신비한 무언가를 숭배하든 알 바 아니지만, 상형 문자나 아라베스크 무늬가 그려진 여러 물건들로 인해 박물관의 전시실 앞에 서 있다는 느낌이 들었다.

이윽고 머리숱이 없는 건장한 주인장이 나타나 무표정하게 말을 꺼낸다. 아침 식사를 예약하고 이층으로 올라가 배낭을 내려놓고 짐을 정리한다. 침대방으로 순례자 한 사람이 들어온다. 가만히 보니 나보다 앞서 걸었던 빨간 셔츠의 사나이다. 말쑥한 평상복 차림, 절제하는 표정과 행동거지가 신부나 목사 같다는 생각이 들었다. 그는 독일에서 왔다고 한다.

이 마을엔 마트가 없다. 배낭 속에는 스페인 컵라면 하나와 눅눅해진 바게트 빵만 조금 남았다. 가볍게 저녁을 때우기로 한다. 바람이 거세어 밖에 나가 마을을 돌아볼 엄두도 내지 못한다. 알베르게의 테이블에 앉아 밀린 일기와 감상을 적으며 시간을 보낸다. 어둠이 내리고 고요해지자 바람은 제 목소리를 더 키운다.

밤새 바람에 달그닥거리는 창문. 마당에서 무언가 바람에 굴러가는 소리. 그러다 잠이 들었을까. 아득한 밤의 세계로 들어간다. 옷을 입은 채로 침낭 안에서 자는 밤이 계속된다. 난방이 없는 시골의 알베르게에서 추위를 피하려면 어쩔 수 없다. 바짓가랑이에 먼지가 뒤범벅되어도 툭툭 털어내고 침낭 안으로 들어간다. 이젠 아무렇지도 않다.

이튿날 일층으로 내려갔다. 넓은 식탁에는 세 사람뿐이다. 나와 독일 순례자, 그리고 주인이 앉아 아침을 먹는다. 뜨거운 차와 구운 식빵, 바나나와 사과, 요구르트가 놓여 있는 소박한 아침상. 마음으로 감사 기도를 하고 빵을 들고 먹는다. 오늘 하루도 걷기 위해 부지런히 먹는다.

아내와 가족들에게 탈 없이 걷는다는 걸 증명해 줄 사진을 찍는다. 셀프 사진을 찍으며 독일 순례자는 미소를 짓는다. 주인장은 아무 말 없이 묵묵히 앉아 있다. 다른 이들과 함께 아침 식사 하는 내 모습을 카톡으로 아내에게 보낸다. 잘 걷고 있다고 메시지를 보내면 가족들은 안심할 것이다. 오늘도 바람 많은 광야가 이어질 것이다.

트랙터 농부의 배려

마치 윈도우 배경화면 같은 카미노의 풍경에 감탄하면서 걸었다. 광야에 펼쳐진 밀밭의 시원한 풍경도 잠시, 지친 발걸음은 이내 바람과 햇볕을 피해 쉴 만한 곳을 찾는다. 이 너른 벌판 한가운데에 고작 나 혼자 바람을 맞으며 걸어가고 있다. 이런 거로구나, 혼자 걷는다는 것은.

스페인의 작은 마을에 여장을 풀었다. 더 이상 걸을 수 있는 힘이 남아 있지 않았다. 작은 마을에서 연속 머무르다 보니 순례자들이 묵어가는 중간 도시인 나헤라를 아침에 지나치게 되었다. 순례자들이 새벽부터 빠져나간 도시의 거리와 골목은 쓸쓸하다. 이 도시에 묵을 순례자들이 새로 들어와야 시내가 북적일 것이다. 나는 문 닫은 가게들이 늘어선 거리를 조용히 빠져나갔다. 오늘 걸어야 하는 거리를 가늠해 보면 당초 계획했던 벨로라도까지는 체력적으로 힘들 것이다. 오늘도 작은 마을에서 묵어야 한다.

한번은 저기 언덕 너머로 뻗어 있는 신작로에서 먼지구름이 일었다. 뒤이어 공룡 같은 대형 트랙터가 모습을 드러낸다. 스페인의 트랙터는 우리 농촌의 트랙터와 달리 몸집이 집채만 하다. 일직선으로 뻗어 있는

햇볕에 그을린 손등

길을 따라 뿌연 흙먼지를 일으키며 무서운 기세로 다가온다. 피할 곳도 없어 신작로 옆에 등을 돌리고 돌아서야 한다. 입과 코를 막고 먼지가 가라앉을 때까지 한참 기다려야 한다.

그런데 100미터 앞에서 트랙터가 속도를 확 줄인다. 트랙터 뒤로 먼지 구름이 서서히 가라앉았다. 트랙터가 사람이 걷는 속도로 천천히 다가오는 것이다. 트랙터가 고장이 났을까, 아니었다. 막막한 들판 한가운데를 걸어가는 순례자 한 사람을 배려해주는 트랙터 농부의 마음이 느껴졌다. 마음속에서 울컥하는 게 올라왔다.

카미노를 걷다 보면 별것 아닌 작은 일에도 쉽게 감동한다. 트랙터가 가까이 다가오자 나는 미소를 띠며 감사하다는 뜻으로 팔을 휘둘렀다. 트랙터의 차창 밖으로 보이는 나이 지긋한 농부도 얼핏 미소를 짓고 팔을 올려 답해주었다. 트랙터는 나를 스쳐 지나간 후에도 천천히 주행한다. 한참 후에야 굉음을 내며 속도를 올렸다. 마음이 따뜻해졌다. 서로 말을 주고받지 않아도 큰 위로가 되었다. 보잘것없는 순례자 한 사람따위 그저 무시하고 지나가버리면 될 것을, 오직 한 사람의 순례자를 위해 트랙터의 속도를 늦춰주었다. 먼지를 뒤집어쓰지 않도록 배려해주었다. 이런 배려 덕분에 마음이 풍성해진다. 점심 때를 놓치고 먼지 나는 카미노에서 빵이라도 뜯을 수 있는 대피소를 찾아 무작정 걷는 순례자는 힘을 얻는다.

이후로 먼지 나는 길에서 트랙터를 여러 번 마주쳤지만 속도를 늦추지 않고 휭하니 지나가는 경우가 많았다. 그럴 때마다 나는 등을 돌리고 입과 코를 막은 채 흙먼지가 가라앉길 기다려야 했다.

BUEN CAMINO
Santiago
564,40 Kms
LOGROÑO
51 KMS
ROMA
1757,8 KMS

얀을 만나다

제주 마라도처럼 거센 바람이 몰아치는 광야를 이틀 동안 걷다가 찾아든 곳이 '빌로리아 데 라 리오하'였다. 지나치려고 했던 작은 마을 초입에 알베르게가 보였다. 주변을 아담하고 예쁘게 가꾸어 놓았다. 예전의 시골 농가를 개조해 알베르게로 바꾼 경우이다. 난방 시설이 없을 것 같고 이 조그만 마을에는 마트나 바르도 없을 것이다.

집 앞에 사람 좋은 표정의 얀이 나를 보더니 미소를 짓는다. 앉아 있는 간이 의자가 부서지지 않을까 싶을 만큼 덩치가 큰 사람인데 마시던 맥주병을 나에게 들어 올리며 손짓한다.

두 시간 전에 우연히 만났던 얀은 흘러가는 시냇물에 발을 담그고 쉬고 있었다. 이런 곳에 시냇가가 있을 줄은 생각을 못했다. "부엔 카미노" 하며 그냥 지나치려는데 얀이 손짓을 했다. 차가운 물에 발을 담가 보라며 권했다. 자신은 충분히 쉬었다고 일어서는 중이라고 했다. 맑고 투명한 더구나 철철 넘치도록 흐르는 시냇물을 보자 금방 마음이 내켰다. 급한 게 뭐가 있을까 싶어, 신발과 양말을 벗었다. 얼음처럼 차가운 시냇물이 발을 감싸주었다. 겨울 막바지라 얼음 녹은 물이 흐르나 싶었다. 그동안 걷느라 열이 오른 발바닥과 발목을 주물렀다. 얀은 어제 시루에나 근처 리조트에서 걸어가는 나를 봤다고 했다. 맞다. 리조트 옆을 걸어가는데 두 사람이 이야기를 나누며 쉬고 있었다. 거센 바람으로 걷기 힘들었다는 생각에 서로 큰 목소리로 "부엔 카미노"를 외치며 손을 흔들었다.

여유만만한 표정을 짓는 덩치 큰 아저씨, 얀은 알베르게 입구에서 엄지손가락을 펴 보이며 이곳이 좋다고 한다. 그냥 지나칠까 하다가 '에라 모르겠다'라는 심정으로 냅다 들어간다. 내부는 상당히 넓은 공간이다. 스페인의 전형적인 시골집이었다. 창고로 사용했었을까, 지금은 벽을 터서 주방 겸 휴게실로 바뀐 공간이다. 주인아주머니의 이름은 마리아 헤라고 한다. 큰 눈망울이 선해 보인다. 알베르게 요금은 시골 마을이어서 저렴한가 싶은데 저녁과 아침식사는 도너티브, 기부제라고 한다.

이층으로 올라갔더니 널찍한 공간에 이층 침대가 몇 개 놓여 있다. 오늘 여기서 묵을 사람은 나와 얀, 두 사람뿐일 것 같다. 북적거리는 분위기, 자면서 몸도 마음대로 돌리기 힘든 공립 알베르게보다 다른 이들 눈치 안 보고 편히 쉴 수 있는 공간이 어디냐 싶었다. 따뜻한 물로 씻으니 콧노래가 나왔다. 코를 풀면 먼지 덩이가 나온다. 오늘도 바람이 심하게

불었다. 짐을 정리하고 아래층으로 내려가니 장작 난로에서 화목이 활활 타고 있다. 장작 난로에서 퍼져 나오는 열기가 주변을 따뜻하게 데워주고 있다. 난로 외엔 다른 난방 시설은 보이지 않는다. 장작불이 활활 타는 모습을 지켜보며 나는 주방 테이블에 앉아 느긋하게 일기를 쓴다.

마리아헤의 파에야

스페인에 들어와 이처럼 편안한 분위기를 맞은 건 처음이다. 어릴 적 시골 외갓집에 온 듯한 느낌이다. 난로 옆엔 살찐 고양이 젤라또가 졸고 있다. 꿈꾸던 휴식처가 이런 곳이 아닐까. 대부분의 순례자들은 이런 작은 마을의 알베르게는 지나치기 십상이다. 큰 마을이나 도시에 가야 편의시설이 많고 함께 어울릴 수 있기 때문이다. 우연히 문 앞에 앉아 있던 얀이 부르지 않았다면 나도 스쳐 지나갔을 것이다.

마리아헤는 주방에서 음식을 만들고 있다. 전골을 끓이듯 납작하게 큰 냄비 속을 국자로 저어준다. 배고픈 아이들을 위해 정성껏 음식을 만드는 엄마 같은 모습이다. 알베르게에는 얀과 나 두 사람뿐이다. 두 사람을 위해 음식을 만드는 게 그리 돈벌이 되는 일은 아닐 것이다. 장작 난로에서 번져나오는 은은한 나무 타는 향이 좋다.

이층은 알베르게 침실로 개조했고 일층은 예전 농가의 모습을 유지하고 있다. 한쪽 벽면에 메모지와 기념품들이 가득 붙어 있다. 글자들이 적힌 빽빽한 메모지를 들여다보면서 읽어 본다. 따뜻한 응대를 받은 순례자들이 여기에 후기를 붙여 놓았을 것이다. 한글도 보인다. 한국에서 온 순례자들도 종종 거쳐 간 모양이다. 그들 역시 광야 길에서 바람과 햇볕으로 고생했을 것이다. 오아시스처럼 만난 빌로리아 마을의 이 알베르게는 순례자들의 마음에 깊은 울림과 위로를 주지 않았을까.

맛있는 내음이 계속 번져 나왔다. 시골 농가에서 묵는 모처럼의 여유에 마음을 내려놓을 수 있었다.

마침내 식탁에 음식이 차려졌다. 전골 냄비에, 아! 쌀이 들어간 음식을 여기서 맛볼 수 있다니, 파에야라고 했다. 곁들인 접시엔 풍성한 샐러드가 가득 담겨 있다. 인스턴트식품으로 수없이 끼니를 때우다가 집밥처럼 차려진 음식을 보니 탄성이 나왔다. 무엇보다 정성이 깃든 손길이 담겨 있다. 얀과 나는 식탁에 앉아 입맛을 다시며 와인을 따르고 건배했다. 신선한 샐러드를 집게로 연신 담아 먹었고 막 조리한 뜨거운 파에야를 정신없이 퍼먹었다. 얀과 나는 샐러드와 파에야를 깨끗하게 비웠다. 냄비에 붙은 밥 한 톨도 남지 않게 박박 긁었다. 소박하게 차린 식

저녁을 준비하는 마리아헤

탁이었지만 마치 집밥처럼 대접을 받았다. 스페인에 들어와 이리 힘을 주는 밥이 있었을까. 속으로 또 울컥하며 기도가 나왔다.

'여기 시골마을 알베르게에서 기대하지 못한 풍성한 만찬을 만나게 해주셔서 감사합니다. 며칠 동안 한국인들을 만나지 못해 힘들고 외로웠지만 오늘 저녁 이 만찬을 통해 제 몸과 마음을 회복하게 해주셔서 감사합니다. 도시의 바르와 레스토랑에선 더 맛있는 먹거리가 넘칠 것입니다. 그렇지만 저는 마리아헤가 베푼 손길과 이 음식들을 평생 잊을 수 없을 것입니다. 지친 이방인 순례자에게 보여준 친절과 미소, 그리고 뜨거운 파에야를 잊지 못할 것입니다.'

얀과 나는 만찬 중에 와인을 마시며 대화를 나누었다. 얀은 영어에 서투르고 나 또한 콩글리쉬라 나중에는 스마트폰의 번역기를 통해 대화를

얀과 함께

이어 나갔다. 카미노에서 만나는 외국인들은 한국에 대한 관심이 적지 않았다. 특히 아이들이 케이팝을 무척 좋아한다는 말을 꺼내곤 했다. 그래서 한국을 알게 되었다는 사람들도 있었다.

고요한 시골 마을, 세 시간 동안 장작 타는 난로의 불빛 옆에서 포만감과 감사의 마음으로 대화를 나누었다. 빌로리아 데 라 리오하의 밤은 깊어가고, 바람과 먼지의 길을 걸었던 우리는 밤 10시가 되자 각자 잠자리로 들어갔다. 잊을 수 없는 밤이었다. 마리아헤가 차려준 만찬에 얀과 의논해 같은 금액을 넣기로 했다. 내일 아침 식사는 삶은 달걀과 토스트라고 한다. 그동안 긴장감으로 마음 졸였던 나날이 마리아헤의 만찬과 장작 난로의 은은한 향, 얀과의 대화로 큰 위로가 되었다. 앞으로 며칠 간 힘을 내서 걸을 수 있을 것 같다.

뜨거운 수프

그 다음 날에는 '비야프랑카 몬테스 데 오카'라는 마을에서 묵게 되었다. 다음 도시인 부르고스에 도착하기 전에 머무른 곳이다. 부르고스까지 거리로는 40킬로미터가 남아 있는 곳이라 2시간 정도 더 진행하여 다음 마을에서 묵는 게 좋았다. 그러나 오르막길이 시작되고 있어 멈추기로 했다. 20킬로미터씩 나누어 이틀 간 걸어 부르고스에 가자고 마음먹었다.

알베르게를 겸하여 영업하는 호텔이었다. 우연히도 내가 도착한 날이 올해 알베르게 문을 처음으로 연 날이었다. 그리고 내가 첫 손님으로 들어간 것이다. 크레덴시알에 세요를 찍고 나자 여성 매니저는 저녁 식사를 하겠냐고 물었다. 나는 순례자 메뉴가 있다기에 주문했다. 매니저는 저녁 6시에 레스토랑으로 식사하러 오면 된다고 했다. 씻고 짐을 정리한 후에 마을을 돌아보았다. 산간 지역이라 그런지 땅거미가 내리자 찬 기운이 급하게 밀려오기 시작했다. 쌀쌀하고 매운 기운이 몸을 움츠리게 만든다. 광야의 바람과는 성질이 다르다.

카톡으로 오늘 찍은 풍경 사진들을 가족들에게 보냈다. 숙소에 도착

비야프랑까 레스토랑에서

하면 먼저 소식을 전했고, 아내는 나의 안부를 확인하고 사진을 봐야 걱정을 덜고 잠을 잘 수 있다고 했다.

작은 레스토랑으로 들어섰다. 호텔의 레스토랑이라 바르의 분위기와는 다르다. 그 시간에 저녁 식사를 하는 사람은 나 혼자였다. 매니저인 여성이 다가와 식사 메뉴에 대해 설명을 해주려는 듯 스페인어를 쏟아냈지만 전혀 알아들을 수 없었다. 나는 번역기로 사람들이 제일 많이 주문하는 것이면 된다고 했다. 먼저 나오는 수프를 설명하는 것 같았는데 아무 거라도 좋다며 따뜻하면 된다고 했다. 잠시 후 김이 모락모락 피어오르는 수프가 나왔다. 쌀일까 콩일까, 마치 국밥처럼 보이는 뜨거운 수프가 내 앞에 놓여졌다. 수저를 들어 뜨거운 국물 한 숟가락을 입에 넣었다. 한기에 떨었던 몸에 뜨거운 국물이 들어가자 얼굴이 움찔거렸다. 행복했다. 뜨거운 수프 한 숟가락에 뜨거운 무언가가 나를 감싸오고 있었다. 수프를 떠먹으면서 잠시 눈을 감고 음미하듯 입안에서 굴렸다. 혼자 식사하는 나를 지켜보던 매니저와 눈길이 마주치자 그녀는 얼굴에 잔잔하고 흡족한 듯한 미소를 지었다.

그때였다. 주방에서 조리하는 여성이 살짝 나오더니 곁눈질로 나를 보면서 매니저에게 귓속말을 한다. 표정으로 봐서 짐작한다. 저 동양인 한 사람이 시킨 메뉴, 돈도 안 되는 귀찮기만 한 걸 뭐 그리 신경써주냐는 듯한 느낌이 들었다. 매니저는 조리사에게 주방으로 들어가라는 손짓을 했다. 매니저가 홀로 앉아 식사하는 이방인 순례자를 배려해주고 있다는 걸 직감했다. 뒤이어 나온 치킨과 감자튀김을 천천히 먹었다. 어제 마리아헤의 만찬에 이어 오늘은 매니저의 배려에 잔잔한 감동이 내 가슴 아래에서 서서히 치밀어 올랐다.

함께 걷고 또 혼자 걷는 길

아버지와 딸

시내를 빠져나가는 길에 빵가게에 들렀다. 막 구운 빵에서 풍기는 고소한 버터 향. 스페인 빵과 과자엔 설탕과 초콜릿이 듬뿍 코팅되어 있다. 순례길의 여행자에게 열량을 공급하는 데는 제격이다.

빵을 고르고 있는데 누군가 내 어깨를 가볍게 두드린다. '누구지? 이 선생 일행은 일찍 출발해서 갔는데….' 돌아보니 스페인 아저씨다. 얼굴을 마주 보고 반가운 미소를 짓는다. 옆에 선 앳된 딸의 얼굴에도 미소가 어린다. 며칠 동안 계속 카미노에서 마주쳤던 아버지와 딸이다. 론세스바예스에서 로그로뇨까지는 하루에 걷는 구간이 거의 동일하다. 알베르게는 다르다 해도 아침에 출발하면 걷는 중에나 점심을 먹는 바르에서 종종 마주친다. 한번은 길에서 딸이 혼자 서 있길래 "아빠는 어디 계시니?" 물어보았다. 용변이 급해 숲으로 들어간 모양이었다. 마침 초코

카미노 표지석

바를 먹고 있다가 남은 게 있어 딸에게 하나 주었다. 그 후로 만날 때는 딸의 얼굴에 반가워하는 기미가 보였다. 아빠와 딸이 사이좋게 순례길을 걷는 모습을 뒤에서 보고 있으면 한국에 있는 가족이 떠올랐다.

나로 인해 가장 많이 상처를 입은 사람들은 다름아닌 가까이 있는 가족들이었다. 내 편한 대로 말하고 무시하는 태도를 버리지 못했다. 아이들의 성장기, 진학 등 대화가 필요한 시점에 나는 모른 척, 바쁜 척 일에만 매달렸다. 자녀 교육은 엄마의 몫이라 여겼다. 살가운 대화를 나누는 대신 '이것도 못 하니' 하며 자존감을 깎아내렸다. 마음에 깊이 남은 상처 자국은 쉽게 아물지 않을 것이다.

스페인 부녀는 나와 앞서거니 뒤서거니 하며 매일 한두 번씩은 길에서 마주쳤다. 언젠가 다시 카미노를 걸을 기회를 가질 수 있다면 그땐 가족들과 함께 오리라 마음먹는다. 그땐 한 구간 정도는 쑥스럽고 서투르더라도 가족과 손을 꼭 잡으며 걷고 싶다.

롤라와 미스터 그린

캐나다에서 온 롤라를 만난 건 일요일 아침이었다. 시내를 거의 빠져나간 길에서 큰 배낭을 멘 여성이 혼자 걸어가고 있었다. 내 걸음이 조금 빨라 점차 거리가 좁혀졌다. 배낭 위에 길게 늘어뜨린 금발이 보인다. 그녀는 사슴처럼 경쾌하게 걷고 있었다. 그녀 옆을 지나치게 되었다. "올라" 인사를 건넸다. 그녀는 고개를 돌리더니 밝은 미소로 "올라"

라고 답해주었다. 마치 줄리아 로버츠처럼 양옆의 입꼬리가 올라간 표정이 환하다. 세상이 밝아진 느낌이다. 어느 나라에서 왔을까.

"캐나다? 아임 프롬 코리아. 마이 네임 이스 요한. 나이스 투 미츠 유."

"요한? 나이스 투 미츠 유."

혀를 굴리는 발음이 부드럽다. 나는 생장에서 출발해 부르고스까지 혼자 걸어 왔다고 말한다. 롤라는 아버지와 함께 왔다며 밝게 말한다. 어떤 꺼리는 표정도 없이 환하다.

"웨어 이스 유어 파더?"

캐나다에서 함께 온 아버지는 자전거를 타고 앞서 갔단다. 목적지에 먼저 도착하면 숙소를 잡고 딸이 도착하기를 기다린다고 한다. 롤라는 콤포스텔라까지 걸어 가는데 아버지는 사리아라는 도시에서 먼저 귀국한다고 한다. 콩글리쉬지만 대화가 이어진다. 쉽게 나눌 수 있는 건 가족 이야기와 하는 일. 롤라의 남편은 일 때문에 함께 오지 못하고 콤포스텔라 가까운 곳에서 만나기로 했다고. 롤라는 간호사였다. 부르고스에서부터 시작한 순례길 초반에 나와 마주친 터라 말을 나눌 상대가 필요했던 모양이다. 나란히 걸으며 대화가 이어졌다. 동글동글한 말씨와 억양에 쉬운 단어도 알아듣기 쉽지 않다. 스스럼없이 대화를 이어 나가는 그녀를 통해 힘을 얻는다.

카미노를 걷는 이유에 대해 대화를 나눈다. 순례길을 걷는 목적이 한 가지만은 아니지만 나는 순례자, 필그림(pilgrim)이라 힘주어 말한다. 카미노를 걷는 이유를 나눌 때가 있으면 나는 '순례자'에 강조를 두었다. 현실에서 자신을 볼 때면 겉모습과 속사람 간의 격차가 컸다. 내면세계를 들여다보면 밑바닥을 헤매는 시간이 많았다. 순례를 통해 버티고 이겨가는 과정에서 내 성품을 다듬을 수 있는 기회를 갖고 싶었다.

나중에 롤라의 아버지, 미스터 그린 씨를 자주 보게 되었다. 오르니요스 델 카미노라는 작은 마을에서 소나기가 그치고 노을이 지는 시간에 산책 나섰다가 부녀와 마주쳤다. 무척 반가웠다. 한참 동안 멈춰서서 이야기를 나누었다. 사진을 부탁한다며 디지털카메라를 건네던 미스터 그린의 미소. 나만 보면 씨익 웃던 이웃집 할아버지 같던 미스터 그린. 롤라의 미소는 아버지에게 물려받은 게 틀림없다. 미스터 그린은 내 사진도 찍어주었다. 사진 속에서 나는 억지로 웃는 듯 어색한 미소를 띠고 있었다.

벌레들

이탈리아 청년과 앞서거니 뒤서거니 걷는다. 도시가 가까워지며 야트막한 산지가 이어진다. 소나무들이 많이 보여 마치 우리나라의 산을 보는 것 같다.

굽이를 돌아가니 이탈리아 청년이 멈춰 서서 땅을 내려다보고 있다. 그의 시선을 끄는 게 뭘까. 그에게 가까이 다가가서 땅을 내려다보았다. 놀라서 펄쩍 뛰었다. 보기에도 징그러운 뱀이 꿈틀거리며 길을 건너고 있다. 놀란 마음을 가라앉히고 다시 들여다보니 뱀치고는 느리다. 아직 추울 때라 뱀이 동면에서 깨어날 리 없다. 몸통이 무척 가늘면서도 길다. 회색과 검은빛이 섞인 몸통의 길이는 4미터는 족히 될 것 같은데 두

께는 1센티미터도 안 되게 가늘다. 그 기다란 녀석이 꿈틀거리며 앞으로 나아가고 있다. 분명 뱀은 아니다. 뭐 이런 징그럽게 생긴 게 다 있냐 싶었다. 이탈리아 청년은 관찰하듯 지켜보며 사진을 계속 찍는다. 꿈에 볼까 무섭다. 기다란 몸통에 솜털 같은 게 나 있다. 호러영화의 한 장면을 보는 듯싶다. 계속 꿈틀거리는 모습을 지켜보니 손가락 한 마디 크기의 벌레가 서로 연결되어 있다. 설국 열차처럼 꽁무니를 물고 수백 마리의 벌레가 한 줄로 연결되어 있다.

수많은 벌레가 길 위를 덮을 듯이 개별로 움직이는 것보다 한 줄로 늘어서 움직이는 게 살아남는 데 더 효과적일까. 천적의 눈에 더 쉽게 피해갈 수도 있을 법하다. 이후로도 계속 보였다. 어떤 것은 아주 길었다. 넓은 임도에서 10미터는 될 법한 녀석들의 꿈틀거리는 모습은 가히 좋은 구경거리는 아니었다. 어떤 녀석들은 지나가는 자동차나 트랙터 바퀴에 깔려 뭉개진 경우도 있었다. 이 벌레들도 말을 할 줄 안다면 저들의 꿍꿍이를 보여줄지 모른다. 자기들도 숲으로 이동하기 위해 절실하게 순례를 하고 있다는.

부르고스까지 40km를 걷다

저녁 7시가 넘어 부르고스의 호텔에 도착한 나는 그야말로 진이 빠져 허덕이는 상태였다. 거의 40킬로미터를 걸었다. 원래는 아타푸에르카라는 마을에서 묵으려 했었다. 그런데 바르에서 쉬다 마주친 일행이 부

밤거리에서 본 부르고스 대성당

르고스까지 걸어간다는 말에 나도 해 볼 만하다며 따라나선 것이다. 부르고스까지 16킬로미터 남은 지점이었으니, 네 시간은 더 걸어야 했다. 오후 2시가 넘었지만 순례길에서 내 한계를 시험해 볼 수 있는 기회라고 여겼다. 결국 함께 걷다가 점차 뒤처져서는 나중에 혼자 남은 채 다리를 끌다시피 걸어가야 했다. 후회가 밀려왔다. 순례길에서 무리하지 않기로 작정했는데 또 자신을 힘들게 몰아쳤다.

한 시간에 4킬로미터를 걸으니 4시간이면 부르고스에 도착하겠구나 싶었지만 걷는 속도가 현저히 느려지고 체력이 바닥났다. 배낭 무게에 지쳐 길가에서 일어나지 못하고 한참 동안 앉아 망연자실 숨만 몰아쉬던 순간이 있었다. 부르고스 공항 옆길로 시작해 산업단지의 진입도로가 끝없이 이어지는 길은 지친 나에겐 그야말로 지옥의 묵시록이었다. 부르고스 대성당 근처의 호텔까지 구글맵을 1분이 멀다 하고 확인하지만 좀체 거리는 줄어들지 않았다. 발을 끌어당기듯이 걸었다. 지나는 스페인 사람들이 걱정스런 눈빛으로 쳐다보지만 나는 얼굴을 들어 올리는 것도 힘들어 그냥 고개를 푹 숙이고 천천히 걸었다. 무릎이 뒤틀리는 느낌이었다. 예약한 호텔에 빨리 도착하기만 바라는 마음으로 걸었다.

부르고스 대성당을 지나 호텔에 도착했다. 룸에 들어와 배낭과 짐을 풀었다. 작은 방, 싱글 침대 하나로 가득 찬 것 같다. 하지만 혼자 사용할 수 있는 욕실과 화장실이 있다. 그것만으로 별 다섯 개짜리 호텔을 사용하는 거와 다를 게 없다. 순례길을 걷기 시작한 이후로 처음으로 독방을 사용하는 사치를 누리게 되었다. 욕조에 뜨거운 물을 받기 시작했다. 콸콸 수도꼭지에서 떨어지는 뜨거운 물을 손으로 확인하며 빨랫거리를 욕실 바닥에 퍼질러 놓았다. 아침 7시 경에 알베르게를 나와 거의 12시간 가까이 걸었고 휴대폰에 기록된 걸음 수는 5만 보가 넘었다. 가장 길게 걸었던 하루였다. 욕조에 피곤한 몸을 뉘었다. 뜨거운 물에 몸을 담그고 발목과 종아리, 무릎을 차례로 주물렀다.

밤 늦은 시간이었지만 먹거리를 사러 밖으로 나갔다. 부르고스의 밤거리는 쌀쌀했다. 옷깃을 올리고 내 몸이 정상 컨디션이 아니라는 걸 느끼며 부르고스 대성당으로 향했다. 드문드문 사람들이 보이고 부르고스 대성당을 비추는 조명에 거대한 성채 같은 벽을 보았다. 대성당을 구경하기 위해 내일 하루 쉬면서 시내를 둘러볼 것인지, 아니면 빌바오에 다녀올 것인지 고민했다. 결국 딱히 결정을 짓지 못하고 내일 아침에 일어나면 몸 상태에 따라 선택하기로 했다.

싱글 룸에서 어느 누구의 눈치도 볼 필요 없이 마음껏 뒹굴며 자고 화장실을 사용할 수 있다는 것, 휴대품을 잃거나 잠을 방해받을 염려 없이 침대에서 다리를 쭉 뻗는 게 얼마나 행복한 일인가 싶었다. 마트에서 작은 와인을 한 병 구입해 혼자 잔에 따라 마셨다. 거푸 세 잔을 마시고 잠을 청했다.

빌바오 구겐하임미술관

아침에 눈을 뜨니 사방이 어둑어둑하다. 일어나 외출 준비를 하고 빌바오로 갈 것인가, 아니면 휴식을 취하며 쉴 것인가를 생각한다. 결국 스페인의 빌바오에 다시 갈 수 있는 기회가 흔치 않을 거라는 생각이 들었다. 천천히 몸을 일으켰다. 머리가 어지러웠다. 몸에 든 한기가 빠져나가진 않았지만 그래도 견딜 만했다. 구글맵으로 버스정류장을 확인하고 보조가방에 여권과 지갑을 넣고 호텔을 나섰다. 호텔에 배낭을 놓아두고 걸으니 마치 날아갈 것 같이 몸이 가볍다. 팔을 날개마냥 휘두르면 저 하늘로 붕 뜰 것만 같은 기분.

알사버스가 운행 중이었다. 어떻게 표를 끊을까 둘러보다가 티켓 발매기가 보여 스크린의 버튼을 눌러 보는데 스페인어로 되어 있어 알 수가 없다. 일일이 번역기로 입력할 수도 없는데 버스 출발 시간이 가까워 오자 마음이 급해졌다. 그때 스페인 아가씨가 다가오더니 영어로 변환할 수 있는 버튼을 알려주었다. 영어 자막으로 바뀌자 조금 알아먹고 여

부르고스 버스터미널에서 알사버스를 타다

권 번호와 인적 사항까지 입력한 후에야 왕복 티켓을 받을 수 있었다. 갈 때는 두 시간이지만 올 때는 세 시간 반이 걸리는 버스 시간표. 산티아고 길을 걷기 시작한 뒤로 처음으로 차를 탔다. 버스가 부르고스 시내를 빠져나가자 창밖으로 스페인의 산과 평야가 보이기 시작했다. 구겐하임미술관 입장료를 구글맵에서 검색하니 미술관 홈페이지로 연결된다. 온라인 티켓을 끊었다. 창구에서 직접 표를 구입하는 것보다 1유로 저렴하다.

빌바오 버스 정류장의 분위기는 대도시답게 사람들로 붐비고 도시 소음으로 정신이 없어진다. 그동안 시골 마을을 거치고 카미노를 걷느라 황량한 들판과 적요에 익숙해졌는데 도심 한가운데로 들어서니 적응이 잘 되지 않았다. 밖으로 나오니 하늘은 맑고 푸르다. 날씨는 걷기에 기가 막힐 정도로 좋았다.

지나는 사람들도 옹기종기 봄볕을 즐기는 듯 편안한 표정이었다. 안내 표지를 보면서 소풍 가는 기분으로 빌바오 시가지를 걸었다. 깔끔하고 산뜻하게 가꾸어진 도시이다. 어디를 봐도 공원처럼 보였다. 화초와 나무, 잔디를 가꾸는 작업이 쉽지 않을 터이지만 길옆에 펼쳐진 공원은 앉아서 쉬고 놀기에 그지없이 좋았다. 이리저리 구경하며 걷다가 저 멀리 쇠붙이가 반짝이는 듯 다각형 모습의 지붕이 눈에 들어온다. 드디어 구겐하임미술관이 내 눈앞에 서 있는 것이다. 마치 램프의 요정 지니가 요술을 부려 만든 큰 성채 같은 미술관으로 다가갔다. 많은 관람객들이 모여 사진을 찍고 있었다. 미술관 앞 광장에는 유명한 강아지 조형물 포피가 서 있다.

구겐하임미술관과 강아지 포피

빌바오의 인구는 20만 명을 넘는다. 한눈에도 강과 바다, 산이 어우러진 살기 좋은 곳으로 보인다. 구겐하임미술관은 전시 작품보다 미술관 자체가 더 가치 있다는 생각이 들었다. 거대한 미술관이 훌륭한 조형 작품으로 느껴진다. 건축물 자체가 사람들의 이목을 끌고 감탄사를 자아내게 한다.

일층으로 들어갔다. 층별로 전시된 룸을 하나씩 돌아보았다. 존 미로의 특별전이 열리고 있었다. 미술관 자체가 초현대적인 모습을 갖고 있는 만큼 전시에 있어서도 현대미술, 전위미술을 소개하는 것 같았다. 팝아트로 유명한 작가 앤디 워홀 등의 작품도 볼 수 있었다. 세 시간 정도 미술관 전시실을 둘러보니 허리가 아플 지경이다.

미술관 뒤쪽에는 거미 조형물이 서 있다. 빌바오 시내를 관통하는 강이 흐른다. 미술관과 연결된 다리를 건너며 강변의 풍경을 본다. 과거 빌바오는 산업도시로 명성을 떨쳤는데 산업이 쇠퇴함에 따라 도시의 활력이 떨어졌고 이를 뒷받침할 수 있는 문화콘텐츠로 구겐하임미술관을 지었다. 결국 문화산업이 도시를 살리지 않을까. 구겐하임미술관은 터를 잘 잡았다. 스페이스셔틀처럼 강변에 우람하게 서 있는 미술관의 규모도 대단하거니와 조형미 또한 돋보였다.

부르고스로 돌아오는 버스는 세 시간 반이 걸려 도착했다. 빌바오에서 부르고스로 오는 길목의 읍내 정류소마다 들러 사람을 태우고 내리기도 한다. 저녁이 되고 어둠이 깔리자 찬 기운이 점차 몸에 스며들어왔다. 구겐하임미술관을 본다는 기대로 감기 기운이 사라진 듯하더니 다시 나타난다. 하루 더 부르고스에서 쉬고 유명한 부르고스 대성당도 관람하고 싶다는 생각이 들었다.

그러나 주말이어서 더 이상 빈 방이 없다는 호텔 매니저의 말에 다음 날 아침 다시 순례길로 나서기로 했다. 침대와 주변에 풀어놓은 짐들을 정리했다. 몸은 천근만근 무겁고 머리가 어지럽다. 내일 아침 일찍 부르고스를 떠나기로 작정하며 노곤한 몸을 침대에 누인다.

아아! 메세타 평원

지평선의 세상

부르고스에서 시작하여 주도(州都)인 레온을 거쳐 아스토르가까지 열흘 동안 걸었다. 부르고스에서 아스토르가까지 200여 킬로미터의 구간을 '메세타 평원'이라 부른다. 해발 800미터의 고원이 끝없이 펼쳐지는 땅이다. 밀밭과 구릉을 지난다. 햇볕을 가려주는 나무나 그늘은 거의 없다. 하늘과 맞닿은 지평선만이 아득하게 이어진다.

메세타 평원은 스페인 중원에서 북부에 이르는 드넓은 땅이다. 우리나라에선 보기 어려운 지평선을 온종일 볼 수 있다. 사방이 확 트인 대지 위로 한 줄기 가느다란 길이 앞을 향해 길게 뻗는다. 하늘과 땅이 만나서 소실되는 길의 모습을 보며 묵묵히 걸어가면 된다. 그 길은 사라지지 않는다. 하루 종일 걸어도 땅 위로 하늘 속으로 이어진다. 길 주변은 계절에 따라 천천히 모습을 바꾼다. 푸른 밀밭일 수도 있고 수확이 끝난

CASTILLA Y LEÓN

후 황량한 들판의 민낯을 보여줄 때도 있다.

광야의 바람이 윙윙거리는 평원, 스틱으로 땅을 딛고 앞으로 한 발 한 발 내딛으며 나아간다. 자신의 그림자와 함께 걸어가는 곳이 메세타 평원이다.

얼굴은 시커멓게 그을리고 살도 빠졌다. 반면 허벅지와 종아리의 근육은 탄탄해진 느낌이다. 배낭을 멘 채 매일 걷다 보니 허벅지 바깥 근육이 딴딴해졌다. 손바닥에 닿는 허벅지 살은 나무껍질을 만지는 느낌이다. 배낭 옆 주머니에 꽂은 생수병도 수월하게 빼낼 수 있게 되었다.

한 마리 고래가 푸른 대양을 미끄러져 가듯 나는 푸른 메세타의 속살에 드리워진 길을 부드럽게 헤엄치며 나아간다. 물살을 할퀴듯 양손에 쥔 스틱을 땅바닥에 내리찍고 팔을 뒤로 내치며 반대쪽 발은 앞으로 내딛는다. 이런 반복적인 동작을 하다 보면 자신이 걷기 위해 만들어진 자동인형이 아닐까 하는 상상이 든다. 눈을 들어 눈부신 하늘을 본다. 하얗게 빛나는 태양, 길가에 피는 작은 풀꽃들이 봄을 알리고 있다.

메세타 평원은 걷는 사람의 과거를 반추하게 하는 힘이 있다. 카세트테이프를 되감기하듯 과거를 재생시키며 기억에 서린 상처나 아픔을 떠올리게 하는 경우가 있다. 반면 지나간 일을 다른 시각으로 바라볼 수도 있다. 나와 더불어 걷는 자아와 이야기를 주거니 받거니 하며 걷는다.

오아시스 쉼터

길가의 풀잎이 하얀 서리로 덮여 있다. 떠오르는 태양은 오늘 하루 메세타 평원을 내내 달굴 것이다. 햇빛을 받아 앞으로 길게 늘어진 내 그림자는 순례자의 깊은 고독이다. 그림자의 두 발로 성큼성큼 걷는다면 금세 콤포스텔라까지 다다를 것 같다. 하룻밤 머문 마을을 떠나 가 보지 못한 다른 장소로 나를 옮겨간다. 고원은 계속된다. 굴곡 없이 평평한 땅. 여기에 서면 지구가 둥글지 않다고 해도 믿을 만하다. 돈키호테가 애마 로시난테를 타고 달리던 길이 이런 평원이었을까. 나는 돈키호테처럼 이곳을 달리고 있다.

정오가 가까워지면 태양은 춤을 춘다. 언제 쌀쌀했는지 싶게 뜨거운 볕을 사정없이 퍼붓는다. 사막을 지나는 대상들이 오아시스를 찾아가듯 그런 휴식처를 만나길 바랄 수밖에 없다. 몇 시간이나 지났을까, 멀리서 집 한 채가 보인다. 순례자 외엔 인적이 드물고 바람만 몰아치는 이곳에 웬 집일까 싶었는데 큼직한 간판에 '오아시스'라고 적혀 있다.

몇 시간 걸어오면서 쉼터도 없었기에 여기가 오아시스나 다름없다. 비상식량도 다 떨어진 마당에 오아시스라는 바르가 있으니 얼마나 반가운지, 끝이 없을 듯한 평원을 지나 시원한 샘물을 만난 격이다. 물을 먼저 마시고 싶어 들어선다. 알베르게를 겸한 바르의 내부는 깔끔했다. 주인은 내가 들어서자 한국 사람인 줄 대번에 알아보고 "안녕하세요"라고 인사한다. 한국말을 들으니 반갑다. 몇 시간 동안 먼지 나는 길을 걸어온 사람이라면 이곳을 그냥 지나칠 수는 없을 것이다. 커피와 하몽이 들

메세타 평원에서 마치 그림 같은 카미노를 걷다

어간 샌드위치를 주문하고 야외 테이블로 나선다. 먹음직스럽게 나온 빵을 가득 베어 물었다. 아침을 거른 데다 4시간 가까이 걷다가 바르를 만나니 행복이 밀려온다. 배낭 하나 짊어지고 걸어가는 동안에 생각지도 못한 만남과 기쁨, 놀라움을 수시로 겪는다. 순례자에게 관심을 가져주는 작은 마음 씀씀이가 얼마나 큰 기쁨이 되는지, 이게 순례자에게 큰 선물이다.

스페인 사람 셋이 바르에 들어선다. 어젯밤 알베르게에서 봤던 이들이다. 주방에서 큰 솥에 수프를 끓이는데, 김이 솟아오르는 솥 안으로 감자를 잘라 넣고 있었다. 남자 세 명은 알베르게의 봉사자들인가 싶었다. 이곳 바르에서 만나고 보니 그들도 카미노를 걷고 있다. 검은 콧수염을 기른 사람이 영상을 찍는다.

카스트로헤리스

온 천지에 푸른색을 칠해 놓았다. 메세타 평원은 지금껏 경험해 보지 못한 세상을 보여준다. 내가 서 있는 곳은 고원, 앞에는 너른 분지가 펼쳐져 있다. 해발 900미터의 고원 아래 분지 지형이 펼쳐지고 있다. 카스트로헤리스는 이 분지의 중심에 위치한다.

오늘 묵기로 작정한 오리온 알베르게는 밖에서부터 정갈한 모습이다. 한국 사람이 호스트를 함께하고 있어서 훨씬 깔끔하지 않을까 싶다. 농촌마을의 적적한 낮, 모든 것이 평온하게 다가온다. 알베르게의 식당에 들어서니 반가운 얼굴이 보인다. 루치아노 군이 라면을 주문해놓고 앉아서 맥주 한 잔을 하고 있다. 주방엔 미소를 짓는 한국 여성이 보인다. 선반에는 한국 라면과 간식이 진열되어 있다. 반가운 마음에 "안녕하세요" 인사를 나누고 라면을 하나 주문한다. 김밥은 열 줄도 먹을 수 있을 것 같은 심정이다. 김밥을 주문했지만 재료가 떨어져 어렵다고 한다. 잠시 후 끓인 라면이 나온다. 김이 모락모락 올라오고 계란까지 풀어진 분식집 라면. 공기밥을 함께 내준다. 라면을 후루룩 먹고 나서 남은 국물에 밥 말아 먹으면 그것으로 최고다. 김치 쪼가리 두어 개만 있으면 세상에서 가장 행복한 식탁일 텐데 아쉽다. 뜨거운 라면사리를 젓가락으로 집어 올린다. 우물우물 씹으면서 천천히 입안에서 라면 가락을 굴렸다. 그래 이 맛이다. 계란을 풀어 끓여먹는 라면이라야 제맛이 나지. 루치아노와 나란히 앉아 라면 삼매경에 빠졌다. 더 매운 맛을 원해 보물단지처럼 애지중지 아꼈던 튜브 고추장을 꺼내 라면 국물에 풀었다.

카스트로헤리스 뒤편에 솟아 있는 산 정상에 성채가 보인다. 안톤 요새라고 한다. 낮 시간이 여유가 있어 안톤 요새까지 올라가기로 하고 혼자 나섰다. 골목길을 돌아 경사가 완만한 산길을 타고 오른다. 마을 내부는 적적하다. 스페인의 농촌 지역도 여느 나라처럼 쇠락하기는 마찬가지이다. 이런 지역에는 젊은 사람들에게 마땅한 일자리도 드물고 정주 여건 또한 좋지 않다. 젊은이들은 도시로 떠나기 마련이고 아이들도 없다. 그나마 카미노에 위치한 마을은 순례자들이 있어 숙박, 바르, 마트 정도가 남아 있다. 카미노 루트에 있는 마을과 도시는 순례자가 아니면 지역 경제에 어려움을 겪지 않을까. 11월부터 이듬해 3월까지는 동

안톤 요새 언덕에서 바라본 메세타 평원(카스트로헤리스)

절기로 순례자 수가 격감한다. 4월부터 10월까지 순례자들이 몰리는데 중세부터 존재한 마을들이 그나마 명맥을 유지할 수 있을 것이다.

정상으로 올라가는 사면에 창고나 사무실로 이용했을 집터가 보인다. 뜨거운 태양을 피하기 위해 경사면에 굴을 파서 공간을 만들었을까. 요새에 수비군이 주둔하면서 여러 용도로 사용했으리라.

돌계단을 이리저리 돌고 성곽을 지나자 안톤 요새의 가장 높은 곳에 이르렀다. 정상에서는 카스트로헤리스 마을과 특유의 분지 지형이 한

눈에 들어온다. 거대한 분지를 둘러싸고 해발 900미터의 고원지대가 장막처럼 드리워져 있다. 눈이 부셨다. 지평선까지 고원이 펼쳐진다. 고원에서 카스트로헤리스로 내려오는 카미노가 보이고 정교하게 수놓은 다각형 무늬의 경작지들이 제각기 고유한 색깔을 드러낸다.

땅으로 이루어진 망망대해, 다양한 무늬를 가진 대지가 파도처럼 넘실거린다. 이곳은 모든 상황을 감제할 수 있는 요새 중의 요새, 전망대의 역할을 감당하기에 이만한 장소가 없다. 중세 시대엔 경비병들이 주둔해 있었을 것이다. 이런 광경을 처음 접하는 이들에겐 눈길을 사로잡는 경이로운 모습이지만, 날마다 여기에 서서 고원 지대를 바라보고 있으면 적적하지 않았을까. 따분한 날들이 빨리 지나가길 원했을 것이다. 고원에서 불어오는 사자의 갈기 같은 바람을 맞으며 그들은 어떤 꿈을 꾸었을까 궁금해진다.

비빔밥 만찬

한국식 비빔밥 만찬이 소문이 났는지 다른 숙소에 묵는 순례자들도 여럿 모였다. 각국에서 열댓 명의 온 사람들이 긴 테이블에 앉아 비빔밥을 앞에 놓고 설명을 듣고 있다. 야채가 수북이 들어간 밥그릇, 수저와 포크, 고추장, 된장국, 계란 프라이 등이 놓여 있다. 주인장이 설명을 이어간다. 루치아노와 나는 기다리지 않고 비비기 시작하는데 옆을 돌아보니 저마다 스푼이나 포크로 비비기 위해 애쓰는 모습이 역력하다. 빨간 고추장에 겁을 낸다. 주인장은 고추장 대신 간장을 넣어도 된다고 덧붙인다.

사람들은 각자 앞에 놓인 고추장 그릇은 손을 못 대고 놓아둔다. 나는 속으로 흐뭇하다. 남은 고추장들은 모두 내 것이다. 맘껏 빨갛게 비벼서 한국식 매운 비빔밥을 맛있게 먹는 묘기를 보여주어야겠다. 루치아노와 나는 남은 고추장을 가져다 때려 붓는다. 레미콘을 붓듯 밥그릇에 부어 시뻘겋게 보일 정도로 비벼선 밥술을 뜬다. 바로 이 맛이다. 매우면 매

오리온 알베르게의 비빔밥 만찬

울수록 좋다. 매워서 행복하다.

"비빔밥 최고, 아임 해피!"

둘러보니 고추장을 조금 넣어 비볐던 젊은 친구들이 물을 찾는다. "핫~" 소리를 낸다. 어떤 이는 비빔밥에 들어간 야채를 포크로 천천히 찍어먹으며 이게 무슨 맛이지 하는 표정을 짓는다. 그동안 느끼한 빵만 주로 먹다가 고추장이 듬뿍 들어간 비빔밥을 먹으니 나는 행복한 순례자이자 앞으로 며칠은 오늘 먹은 고추장으로 버틸 수 있겠다는 생각이 든다.

비빔밥 만찬을 마치고 알베르게 밖으로 나왔다. 카스트로헤리스의 밤하늘에 별들이 반짝인다. 메세타 평원의 밤하늘은 맑다. 하늘에서 별이 춤추듯 어룽거린다. 별을 저리 많이 봤던 게 언제였을까?

모스테라레스 언덕

아침에 알베르게를 나와 사방을 둘러본다. 안톤 요새의 성벽이 햇빛에 반사되어 빛난다. 노란 화살표를 따라 마을의 골목을 돌고 집들을 지난다. 마을 어귀를 벗어나자 맞은편에 고원 지역이 한눈에 들어온다. 웅장한 성벽처럼 몸을 드러내고 있다. 고원으로 실처럼 뻗은 카미노가 눈에 들어온다. 저 길을 올라가야 하는지, 오르막을 보기만 해도 숨이 막히는 것 같다. 고개가 절레절레 흔들어진다. 듬성듬성 덤불들이 낮게 깔려 있는 땅이다. 모스테라레스 언덕이라고 한다. 작은 하천이 흐르는 다리를 건너 점차 고원으로 올라가는 길이 가까워지자 가슴팍 어디선가부터 막막해지는 느낌이다.

오르막길 위쪽에 개미처럼 꼼지락거리는 게 보인다. 눈을 지그시 뜨고 바라보니 사람이 맞다. 어떤 부지런한 순례자가 새벽에 출발해 혼자 올라가고 있다. 저 앞에 다른 이가 먼저 걷고 있구나 하는 생각이 들자 힘이 났다. 앞서가는 순례자들이 숨을 헉헉거리며 올라갈 텐데 그렇다면 나도 해낼 수 있을 것이다. 내 뒤를 돌아보았다. 멀리서 다른 순례자들 역시 걸어오고 있다. 나는 앞서가는 순례자를 좇으며 힘을 내어 걷는다. 내 뒤에 오는 이들도 비슷한 심정일 것이다. 앞뒤로 상당히 떨어져 걷지만, 산티아고 데 콤포스텔라까지 800킬로미터의 길을 함께하고 있다는 동지라는 생각에 문득 가슴이 따뜻해진다.

오르막길에서는 역시 배낭이 난적이다. 몸을 뒤로 처지게 하는 배낭은 끝이 없을 듯 이어지는 오르막길에서 순례자를 끊임없이 괴롭히는 괴물이다. 난공불락의 성벽을 오르는 순례자들. 뒤를 돌아보면 까마득하게 개미처럼 걸어오는 사람. 힘든 길을 지금 함께 걷고 있는 것, 이 공감의 정신이 지친 발을 꾸역꾸역 옮기게 한다. 굽이를 돌고 조금만 더 힘을 내자며 성벽을 기어오르는 병사처럼 걷는다.

드디어 모스테라레스 언덕의 정상에 도착했다. 먼저 도착한 순례자가 환한 얼굴로 쉬고 있다. 반갑게 "올라" 인사하고 배낭을 벗고 땀을 식힌다. 아침부터 땀을 흠뻑 흘렸다. 근처에 작은 탑이 서 있다. 예전에는 수도원이 있었던 모양이다. 저 아래에서부터 올라오는 순례자들이 보인다. 힘내라고 손을 흔든다. 뒤이어 스페인 사람, 세 명이 동행하는 그룹이 올라온다. 언덕에 도착하는 순례자마다 환호성을 지른다. 성벽을 넘는 고투 끝에 성을 장악한 병사처럼 하이파이브를 한다. 스페인 아저씨가 영상을 찍는다. 어제 오아시스 바르에서 만났던 팀이다. 사람 좋게 생긴 스페인 아저씨가 나를 향해 카메라를 돌린다. 나는 미소를 지고 손을 흔들어 주었다.

"What's your name?"

나는 요한이라고 답한다. 영어식 이름 '존'보다는 어릴 적 가톨릭 영세명이었던 요한이라고 말했다. 잠시 후 그는 카메라를 놓아두고 나를 불렀다. 자기 이름을 라파엘이라고 하면서 두 친구 이름은 산티아고라고 한다. 라파엘과 산티아고는 스페인에서 가장 흔한 남자 이름이라고 덧붙인다. 그리곤 수첩을 꺼내 내 메일 주소를 적어달라고 한다. 순례를 마치고 영상을 제작할 건데 완성되면 내 메일로 보내주겠다는 것이다. 반신반의했다. 내 메일 주소를 적어주긴 했지만 순례길이 끝나려면 아직도 한 달이나 남았다. 언제 영상을 만들어 보내줄까 싶었다. 영상을 찍어주며 내게 말을 먼저 건네준, 친절한 성품의 라파엘을 보면서 어쩌면 그가 '카미노의 친구'가 아닐까라는 생각이 들었다.

외롭고 높고 쓸쓸한

시인 백석이 생각나는 길

백석은 만주로 떠났다. 물고기가 물속에서 놀듯이 시인은 우리말이 살아 있는 세상에서 유영하고 숨 쉬어야 하는데 그렇지 못했다. 시시각각 숨을 죄여오던 현실에서 시인이 바라던 것은 무엇이었을까? 흰 바람벽을 마주하고 누운 시인. 고국과 고향, 정인(情人)에 대한 그리움이 두드러기처럼 돋아났을 것이다. 그는 외롭고 높고 쓸쓸하다고 노래했다.

누구나 길을 떠날 수 있다. 그러나 아무나 길을 떠나는 것은 아니다. 낯선 환경을 동경하며 새로운 땅으로 떠나고 싶어한다. 안정적인 삶을 뿌리치고 미지의 길로 떠나려 한다. 익숙한 일상에서의 '나'를 버리고 자신과 정직하게 대면하기 위해 나선다. 생소하고 알지 못하는 장소에서 만나는 '나'는 어떻게 다를까. 어색하고 불편하지만 꾸밈없는 자신을 이해하는 과정은 아닐까.

카미노에서 나는 치열하게 씨름하고 싶었다. 그러나 그게 뭔지 잘 모른 채 걸었다. 위기를 겪기도 했다. 크고 작은 여러 상황을 만나며 어찌할 수 없는 처지에서는 그분의 섭리가 개입하기를 기다리는 수밖에 없는 경우도 있었다.

작은 강이 이어진다. 일직선으로 뻗은 수로처럼 보인다. 프로미스타 운하이다. 운하를 옆에 끼고 카미노가 이어진다. 예전에는 작은 배들이 이 수로를 따라 다녔을 것이다. 지금은 사람이든 화물이든 자동차로 이동하는 게 편리하다 보니 운하는 사양화되었다. 루치아노 군과 함께 걸었다. 주로 혼자 걷다가 오랜만에 이야기를 나누며 걸으니 지루하지 않다. 주변의 풍광을 여유롭게 바라보지 못하는 아쉬움은 있다.

"스페인어를 어디서 배웠지? 옛날에는 서반아어라고 했던 기억이 나네."

"대학에서 전공했습니다. 집안에서 물려받을 업이 있어 스페인어가 필요합니다. 한국에서는 스페인어를 배우는 학생들이 많지 않습니다. 희소하지요. 장점이 있다면 중남미 쪽에 취업할 수 있는 기회가 주어지지요."

"여기 와서 느낀 건 언어의 힘이랄까, 특히 영어와 스페인어를 구사하기만 해도 세계 어느 곳을 가든지 불편하지 않겠다는 생각이 들데. 그동안 좁은 울타리 안에 갇혀 살았던 것 같네. 혼자 배낭여행을 하다 보니 언어 소통이 정말 필요하다는 거. 스마트폰의 번역앱도 잘 나왔다고 하지만 막상 사용하려면 불편하더라고."

프로미스타를 향해 걷는 평원

루치아노 군이 산티아고 순례길를 걷게 된 이유가 궁금했다.

"중남미에 있는 회사에서 근무하고 있어요. 매니저가 엄하게 대합니다. 자신감이 없어지는 것 같았어요. 사업을 하려면 작은 정 때문에 큰일을 그르쳐서는 안 된다고 가르쳐주는 것 같은데, 현실에선 제가 힘들어요."

론세스바예스에서 만났던 청년 G는 자신의 미래를 고민했었다. 루치아노 군은 가업을 물려받을 미래가 정해져 있고 이에 걸맞는 역량을 갖춰가야 한다는 의무감이 강해 보인다.

"많이 고민했어요. 약해지면 안 되는데, 그래서 여기 산티아고 순례길을 떠올린 겁니다. 콤포스텔라까지 800킬로미터를 혼자 걷고 나면 자신감이 붙지 않을까요. 시간이 넉넉하지 않아 타이트하게 움직여야

하거든요. 자신감의 회복이 저에겐 무엇보다 소중합니다."

운하를 따라 길게 뻗은 카미노에 플라타너스가 늘어서 있다. 우리 두 사람은 시간 가는 줄 모르고 대화를 나누었다. 넓은 땅이지만 강을 보기 어려운 스페인 땅. 운하의 풍경이 새롭다. 프로미스타를 가리키는 이정표가 나타났다. 나는 공립 알베르게를 찾아가려 했지만 루치아노 군이 저렴하고 평이 좋은 사립 알베르게가 있다고 알려준다. 그를 따라갔다. 젊은 친구에게 부담을 주고 싶지 않지만, 옆에 한국 사람이 있으면 마음이 편하다. 루치아노 군은 스페인어로 대화가 더욱 가능해 안심된다. 사립 알베르게의 숙박료는 비싸지 않았고 시설도 괜찮았다. 굳이 불편하다면 침대의 높이가 낮아 아래칸에선 허리를 펴고 앉을 수 없다는 정도.

일층 침대를 선택할 수 있어 만족했지만 엉겁결에 일어나다가 머리를 찧기 딱 좋았다.

루치아노 군은 순례길 일정이 당초 계획보다 급하게 되었다 한다. 레온에서 여자 친구를 만나기로 한 날이 앞당겨져 내일부터는 하루에 30킬로미터 이상 걸어야 한다고. 내가 50일 간의 순례길 일정을 여유롭게 잡은 건 무엇보다 잘한 결정이었다. 서두르지 않으며 내 체력과 상황에 맞추어 산티아고 데 콤포스텔라까지 걸어갈 수 있다. 청년들이 짧은 기간에 완주하려고 기한에 쫓겨 급하게 걷는 것을 볼 때면 몸에 무리가 갈까 걱정이 되었다.

마을의 바르를 찾았다. 루치아노 군과 생맥주를 한 잔씩 하며 뒤이어 주문한 파에야를 먹었다. 스페인어로 대화가 되었기 망정이지 나 혼자서는 주문할 엄두가 나지 않았을 터였다. 알베르게 앞에는 작은 마트가 있었다. 팩으로 된 토마토 주스가 보여 두 개를 샀다. 루치아노 군에게 마시라고 주었는데 빙긋 웃는다. 작은 사각팩을 돌려보더니 마실 수 있는 주스가 아니라 토마토 소스라고 한다. 나는 그냥 배낭에 넣었다. 마트에서 파는 야채샐러드 위에 뿌려 먹으면 될 것이라는 생각이 들었다.

산티아고 순례길을 걸으며 하루에 시를 한 편씩 써 보자는 작정도 했었다. 광막한 광야와 들판을 가로지르며 매일 저녁 쉴 곳을 찾을 때까지 걸어야 하는 순례자의 숙명. 먹고 자고 걷는 일상 속에서 출발 전의 다짐은 금방 잊는다. 하루가 저물면 휴대용 수첩에 그날의 단상을 메모하는 정도에 불과했다.

산타 클라라 수도원

다음 날 목적지인 카리온 데 로스콘데스까지 가는 평원의 길. 구름 한 점 없는 하늘을 바라보며 며칠째 아득한 지평선의 경계를 향해 발길을 옮긴다. 길섶엔 들꽃들이 하나둘씩 고개를 내밀고 있다.

카리온 데 로스콘데스에는 수도원에서 운영하는 알베르게가 여럿 있다고 한다. 가톨릭의 역사가 깊은 이 도시는 중세부터 수도원과 수녀원, 성당 등 많은 종교시설이 운영되었다. '노래하는 수녀들'로 널리 알려진 알베르게가 있다고 들었는데 찾아가지 못했다. 도시로 들어오는 초입에서 '산타 클라라' 수도원이라는 알베르게 표지를 보고 빨리 쉬자는 마음으로 들어간 것이다.

수도원은 명목만 유지하는 것 같은 느낌이다. 세속화된 사회에서 신앙과 종교적 전통은 많이 희석되었다. 수도원 마당 중심엔 돌십자가가 서 있다. 마당 사면을 건물이 에워싸고 있다. 수도사들의 거처이자 기도하는 곳이다. 2시가 되자 뚱뚱한 몸집의 관리인이 천천히 걸어온다. 수도원내 작은 박물관의 문을 연다. 벤치에 앉아 대기하는 나를 보더니 손짓하며 부른다. 여권과 크레덴시알을 확인하고 알베르게 이용방법에 대해 설명하는데 구렁이처럼 느릿느릿 말한다. 이방인이 알아들을 수 있게 자세히 설명하는 것인지 몰라도 답답할 정도다. 말하면서 숨을 헐떡거리는 얼굴 표정으로 봐서는 건강 상태가 썩 좋지 못한가 싶다. 숙소의 출입문을 여닫는 방법을 설명하는데도 숨을 쌕쌕거리며 넘어갈 듯한다. 그를 따라 안내해주는 침실로 갔다. 수도원 이층 방으로 들어가

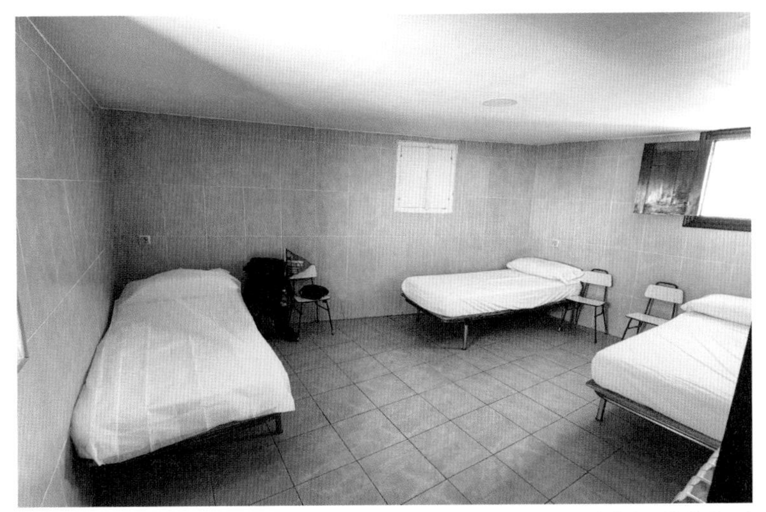

산타 클라라 수도원 알베르게

니 아무 장식 없는 방 안에 1인용 침대 세 개와 의자 하나씩만 덩그러니 놓여 있다. 침대 옆 간이의자가 짐을 놓아두는 테이블 역할을 한다. 난방 시설은 없고 석조 건물이라 그런지 쌀쌀하고 찬 기운이 사방에서 뿜어져 나온다. 예전에 벽장으로 썼을 것으로 짐작되는 벽에 달린 문, 그리고 양쪽으로 여닫이 창문만 있다. 딱 수도사들의 방이다. 밤에는 춥지 않을까, 해가 기울면 기온이 떨어지는 메세타 평원의 특성상 밤에는 상당히 추울 것이다. 복도 끝에 위치한 세면실에서 우선 씻고 나왔다. 방 안에서 혼자 짐을 정리하고 있으니 한기가 온몸으로 달려든다.

쇠고기

마트에서 구입한 재료를 들고 주방에서 저녁을 준비한다. 주방은 반지하에 위치해 있어 돌벽에서 한기가 더 뿜어져 나오는 느낌이다. 저녁 메뉴는 1유로짜리 야채샐러드, 바게트와 스페인 컵라면, 후식으로 요구르트 두 개. 어제 프로미스타에서 구입한 토마토 소스를 야채샐러드 위에 뿌린다.

주방에 들어온 이탈리아 청년이 파스타를 요리한다. 게다가 두툼한 쇠고기 스테이크까지 굽기 시작한다. 프라이팬에서 피어오르는 스테이크의 향이 내 코를 자극한다. 저녁 식사가 못내 아쉬워지고 나는 이탈리아 청년을 향해 엄지손가락을 들어 보이며 '유 굿'이라며 미소를 지었다. 아쉽다. 이곳 주방엔 조리 기구가 충분한 만큼 고기를 구워 먹었더라면 하는 생각이 번쩍 든다. 체력이 달리지 않도록 잘 먹어야 했지만 그동안 알베르게 주방을 이용하는 게 익숙지 않아 주로 인스턴트식품으로 해결했다.

마트의 정육 코너에 진열된 고기가 떠올랐다. 두터운 스테이크는 조리할 줄 모른다. 한국의 삼겹살처럼 프라이팬에 바로 구워먹을 수 있는 고기를 구해 보자는 생각이 들었다. 노릇노릇 익어가는 쇠고기에서 배어나오는 육즙. 스페인의 마트에서 판매하는 고기를 맛보기 위해 걸신들린 사람마냥 마트로 향했다. 얇게 썰린 등심 부위를 선택했다. 오븐의 불을 올리고 프라이팬을 얹었다. 달궈진 프라이팬에서 고기가 익어가는 치이익 소리가 왜 그리 맛있게 들리는지, 방금 전에 식사해서 배고프진 않았

카리온 데 로스콘데스에서 출발하다

지만 오랜만에 고기를 구워 먹는다는 기대에 입안에 군침이 돌았다.

구운 고기에 소금만 찍어 먹었다. 팩에 들어 있는 네 덩이 중 두 덩이를 먹고 나니 느끼한 느낌이 올라온다. 남은 두 덩이는 남겨놓았다가 다음날 아침에 먹으면 되는데 스페인의 쇠고기를 마음껏 구워 먹어 보자는 욕심이 앞섰다. 두 덩이를 마저 구워 먹고 설거지를 한다.

마을 구경을 나선다. 여기저기 성당과 수도원 건물이 산재해 있다. 마을 중심부로 들어가니 성당 옆에 수녀가 지나간다. 이곳이 '노래하는 수녀들'로 유명한 알베르게일까, 꼭 경험해 보고 싶었는데 마을 초입에 있는 산타 클라라 수도원에 여장을 푼 게 아쉽다. 이리저리 돌아다니며 중세의 웅장했을 수도원 도시를 상상해 본다. 지금은 낡고 무너져 내려 황량한 모습으로만 남아 있다. 마을 외곽에 멋지고 거대한 수도원 건물이 자리 잡고 있는가 싶어 가 보니 현재는 호텔로 바뀌어 운영되고 있었다.

거대한 건축물과 화려한 예술, 세밀하게 제정된 규정, 엄정한 전통 속에서 성장했던 신앙과 믿음은 이전 세기부터 말라버린 샘물이 되어버렸다. 초대교회 시기, 박해받던 그리스도인들과 사막의 교부들처럼 소박하고 절제하며 무소유를 실천하는 삶에서 진정한 신앙과 믿음이 자라지 않을까.

어두워지자 숙소로 돌아가야겠다는 생각을 하는데 배가 답답해진다. 속에서 묵직한 게 걸린 듯싶다. 거북한 배 속과 달리 바깥 기온은 내려가기 시작한다. 가슴을 손으로 문지르고 툭툭 치면서 숙소로 향했다. 알베르게 침대에 누워 있는데 속이 치밀어 오른다. 고구마를 백 개 정도 먹은 느낌이다. 이대로 그냥 잠자리에 들었다간 큰일 나지 싶다. 화장실로 향했다. 변기 앞에 쭈그리고 앉는다. 미처 소화되지 못한 것들을 게워내기 시작했다. 오랫동안 입안을 헹구었다. 속에 있는 답답한 것을 모두 쏟아내자 가슴은 뚫렸지만 머리는 어지럽다. 냉기 도는 주방에서 급히 구워먹은 쇠고기가 결국 탈을 냈다. 그대로 가서 침대로 떨어지듯 누웠다. 내일 아침에 잘 일어날 수 있기만 바라며. 사방에서 나오는 냉기가 점점 몸을 움츠리게 하는 밤. 한 벌 더 껴입고 침낭 속에서 웅크렸다. 아무런 장식 없는 흰 벽을 무심히 바라보았다. 눈물이 나올 뻔했다.

위기의 시간

지갑을 잃어버리다

지갑을 잃어버렸다고 알아챈 순간, 갑자기 세상이 정지된 듯한 느낌이 들었다. L마을에서 상상도 못 한 두려운 일을 만났다.

구글맵에 표시된 공립 알베르게를 찾아갔다. 일층은 로비와 식당을 겸하는 공간으로 테이블이 서넛 놓여 있다. 댓 명 되는 외국인들이 화목난로 주변에서 담소를 나누고 있었다. 난로 옆에는 몇 개비의 남은 장작이 보인다. 그런데 알베르게 관리인이 보이지 않았다. 접수대에서 반겨주는 사람이 없는 것이다. 배낭을 우선 내려놓고 한참 그들의 대화하는 모습을 구경하다가 물었다. 여기 알베르게 관리인이 있냐고? 그러자 사람들이 웃는다. 여기는 도너티브, 기부제 알베르게라고 알려준다. 숙박명부에 순례자 인적 사항을 자기가 직접 기록하고 이후 벽에 걸린 기부함에 숙박료를 넣으면 된다고 말해준다. 그리고 이층으로 올라가 빈 침

엘 부르고 라네로, 석양이 지는 풍경

대를 하나 선택하여 짐을 풀면 된다는 것이다.

저녁 식사도 할 겸 간식거리를 사러 나섰지만 알베르게 앞에 하나 있는 바르는 문을 닫았다. 마트는 20분 넘게 걸어가야 하는데 그곳까지 걸어가기에는 발바닥의 통증이 심했다. 그때 바지 주머니에 있는 지갑을 확인해 보는 찰나 아뿔싸, 지갑이 잡히지 않는다. 바지와 점퍼의 모든 주머니를 탈탈 털어 보았지만 지갑이 없다. 샤워 후 침낭 위에 벗어 놓고 나온 반바지에서 지갑을 꺼내지 않았는가 싶었다. 설마, 지갑은 그대로 있겠지 생각하며 나온 김에 마을을 더 기웃거리다가 알베르게로 돌아왔다. 침대로 가서 반바지를 들고 주머니를 만졌지만 아무것도 만져지지 않는다. 옷을 바꿔 입으며 혹시나 흘렸을까 싶어 침대 아래와 주변을 샅샅이 뒤졌다. 배낭의 짐을 모두 꺼내서 살펴보았지만 지갑은 나오지 않았다.

지갑 속에 80유로 정도 남아 있었고, 중요한 건 여행자 카드가 들어 있다는 것이다. 여행자 카드는 바르와 마트에서 체크카드로 사용할 수 있고 더하여 은행 ATM기기에서 유로화를 인출할 수 있다. 현금을 많이 가지고 다닐 필요는 없었다. 시골 마을이나 작은 상점에서 카드가 안 되는 경우가 있어 큰 도시에 도착할 때마다 300유로 정도의 현금을 찾아 사용하는 루틴이었다. 배낭 속에는 비상금으로 100유로만 담아 놓은 봉투가 들어 있다. 여행 경비 처리는 카드를 이용하고 있었기 때문에 없다면 앞으로 현금을 인출할 방도가 없다. 신용카드 한 장은 해외 결제를 막아 놓았기 때문에 스페인 현지에서 결제가 불가능했다. 일행이 있거나 동행하는 한국인이 있더라면 염치 불구하고 신세를 졌을 것이다. 혼자서 여행하다 보니 탈출구가 꽉 막힌 상황에 처하고 말았다. 불안이 쓰나미처럼 밀려오기 시작한다.

이 상황에서 어째야 하나, 발을 동동 구르며 화장실과 샤워실, 주방 등 움직였던 동선을 따라 샅샅이 뒤져 보았지만 손지갑은 눈에 띄지 않았다. 그렇다고 몇 명 안 되는 알베르게 숙박객들을 의심하는 것도 무리였다. 기억으로는 지갑에서 5유로 지폐 한 장과 1유로 동전을 도너티브 함에 넣었으니 알베르게에서 지갑을 잃어버린 게 분명했다. 어찌해야 할까 고심만 깊어간다. 작은 시골 마을에서 경찰에 신고할 수도 없고 언어 소통도 안 되니 수습할 방법이 없을 것 같다. 실수로 지갑을 흘렸을 수도 있는데 확실하지 않은 일로 복잡한 상황을 만들고 싶지 않았다. 다시 알베르게 밖으로 나가 지나갔던 골목들을 둘러보았다. 어두워지고 냉기가 파고드는 저녁이 되었지만 혹시나 하는 생각으로 알베르게 주변을 계속 돌아보아도 지갑은 보이지 않았다.

밤 10시가 되자 알베르게의 출입문을 닫는 시간이 되었고 나는 망연자실하게 테이블에 앉아서 어떻게 해야 할 줄 모르고 마음은 탈 대로 타서 까맣게 재로 변하는 듯했다. 다른 순례자들은 모두 잠자리에 들어가고 알베르게 불이 꺼지는 시간. 할 수 없이 이층으로 올라가 침낭으로 들어갔다. 침낭에 누워 일부러라도 잠을 청하자고 했지만 눈만 말똥말똥해진다. 이리저리 뒤척이지만 잠이 올 리 없다.

떠올린 해결책은 모레 레온이라는 도시에 가면 한국인을 찾아 사정해서 돈을 빌려 귀국하자. 4월 19일 귀국행 비행기 예약을 취소하고 바로 마드리드로 이동하여 귀국하는 방법이 떠올랐다. 결국 이국땅에서 이도저도 못 하는 처지가 되어버렸다. 한편으로 지갑을 떨어뜨린 것이 아닌 누군가의 손을 탔다면 얼마 되지 않은 현금은 가져가고 여행자 카드만이라도 놓아두고 가면 좋겠다 싶었다. 제발 도둑이라면 카드만 던져 놓고 사라지기를 바랐다. 언제 잠이 들었는지 모른다.

새벽에 잠이 깨었을까. 비몽사몽간에 시간이 흘러버린 듯싶어 꿈쩍하기도 싫었다. 배낭여행에 처음 도전한답시고 외국에 나와 중간에 포기할 수밖에 없는 처지가 되었다. 긴 탄식이 흘러나왔다. 스페인은 새벽 4시, 한국은 오후 2시를 지나고 있다. 휴대폰의 플래시를 켜고 침대 주변을 뒤져 보았다. 만의 하나라도 혹시나 싶은 생각에 손으로 더듬어 봤지만 역시나 없다. 일층으로 내려가 화장실, 샤워실, 휴지통 등을 뒤져 보았다. 로비에 앉아 있으려니 화목 난로의 불은 이미 꺼져 한기가 밀려왔다. 내가 할 수 있는 일은 기도뿐이었다.

'제가 지갑을 잃어버렸다면 다시 찾을 수 있는 기억력과 눈을 주시고, 만일 누군가 가져갔다면 지갑 속의 카드는 그냥 떨어뜨려 주도록…'

시간이 마냥 흘렀다. 결국 분실 신고를 위해 휴대폰의 유심을 빼고 한국 로밍으로 바꾸었다. 신용카드 분실 신고를 진행했다. 신용카드의 해외 결제 제한을 풀어 보려 한국의 카드 회사와 통화했지만 외국이라 어렵다는 답뿐이다. 한국 영사관에 전화를 돌렸지만 AI카톡이 응답을 하는데 역시나 예상되었던 답뿐이다. 달리 방법이 없다. 내 능력으로 해결할 수 없으니 첫 번째 순례길을 여기에서 포기하자, 다음에 다시 오면 된다며 마음을 편하게 먹기로 했다. 지금까지 산티아고 순례길에 대한 경험은 모두 추억으로 남기고 다음에 기회가 오면 레온이라는 도시에서 다시 시작하자고 스스로 위로해 보지만 가슴이 아렸다.

아침 6시, 밖은 깜깜한데 외국인 청년 한 사람이 서둘러 알베르게를 나선다. 며칠간 계속 보아왔던 친구다. "부엔 카미노" 서로 조용히 인사를 나누고 그는 깜깜한 밖으로 배낭을 메고 나선다. 7시가 넘어서자 이층에서 순례자들이 한둘씩 내려온다. 식사하고 배낭을 꾸리며 출발 준비를 한다. 다섯 명 정도 테이블 주변에 모여 있는데 나는 마지막 희망이자 밑져야 본전이라는 마음으로 번역앱을 돌렸다.

"어제 저녁에 알베르게 도착해서 지갑을 잃어버렸어요. 자주색 작은 지갑인데 혹시나 보신 분이 있을까요. 지갑의 여행자 카드가 없으면 순례를 중단하고 한국으로 귀국할 수밖에 없는 처지입니다."

만시야 데 라스 물라스를 향해

순간 같은 방에서 묵었던 백발의 할아버지가 빙그레 웃으며 말을 건넨다. 조금 전에 이층에서 내려올 때 봤는데 침대 옆 바닥에 지갑이 떨어져 있어 침대 위에 올려놓았노라고. 빨간색 작은 지갑이었다고.

오 하나님! 나도 모르게 비명 같은 탄성을 질렀다. 달음질하여 이층으로 올라갔다. 침대 위에 지갑이 온전히 놓여 있다. 지갑을 열어 보니 현금과 여행자 카드가 그대로 꽂혀 있었다. 아니, 세상에 무슨 일이람! 나는 정신없는 사람처럼 천장을 우러러보았다. 그 기쁨을 달리 표현할 길이 없었다. 잃은 양 한 마리를 찾아 기뻐하는 심정이 이런 것일까?

일층으로 내려가 할아버지에게 연신 "댕큐! 그라시아스!"를 연발하며 머리를 숙였다. "하나님 감사합니다"라는 말이 입에서 연신 흘러나왔다. 악몽 같았던 밤만 생각하면 마음이 꺾여 순례길을 걷고 싶다는 생각이 들지 않았을 것이다. 절벽에서 막 떨어지는 순간 천만다행으로 내 손을 잡아주어 다시 대지로 기어 나와 걸을 수 있게 되었다.

목요일에 문 닫는 알베르게

묵으려 했던 마을에 들어서는데 메세타 평원의 스산한 바람이 계속 불어온다. 큰 마을은 아니다. 마트도 없고 지나가는 길에 보니 집들은 굳게 닫혀 있다. 마을에서 풍기는 분위기가 이상하게 순례자들을 반기지 않는 듯한 불안감이 기어나온다.

먼저 공립 알베르게로 향했다. 이리저리 골목을 돌아 찾아간 공립 알베르게는 문이 굳게 닫혀 있었다. 문 여는 시간이 안 되었나 싶어 아무라도 지나가면 물어보고 싶은데 동네엔 인기척이 없다. 알베르게 주변을 기웃거려도 온기가 없다. 지금까지 경험으로는 알베르게가 쉴 경우에는 반드시 안내문이 붙어 있었다.

카미노앱을 확인하니 이 마을엔 사립 알베르게가 두 개 더 있다. 평점이 더 나은 곳을 찾아간다. 그런데 두 번째 찾아간 알베르게도 굳게 닫혀 있다. 하긴 내가 알베르게 주인 입장이어도 순례자 서너 명 묵어 봤자 돈도 안 되는 일을 선택하지 않을 것 같다.

그러다 이탈리아 할아버지 한 분을 길에서 마주쳤다. "부엔 카미노" 인사하고 보니 할아버지도 여기 마을에 숙박하려고 알베르게를 찾는 듯 싶다. 그런데 할아버지는 기본적인 영어 단어도 못 알아듣는다며 손을 흔든다. 이탈리아 말밖에 하지 못하는 것 같다.

알베르게를 찾는 모양새라 다시 조금 전 찾아갔던 공립과 사립 알베르게로 향했다. 혹시나 문 여는 시간이 되었기를 바라며 걸어간다. 공립 알베르게 앞에 도착하여 주뼛거리며 기다리니 건너편에 지나가는 여인이 있다. 이탈리아 할아버지는 그 여인에게 다가서더니 이웃집 할아버지와 아줌마가 자연스럽게 이야기를 나누는 것처럼 대화한다. 결국 여성에게 주워들은 답은 알베르게를 운영하는 시즌이 아직 되지 않았다는 것이다.

세 번째 사립 알베르게로 향했다. 기대하고 찾아간 곳은 숙박 후기가 그리 좋지 못했다. 평점이 낮아도 어쩔 수 없다는 심정으로 찾아갔는데 이곳 역시 문이 닫혀 있다. 분명 영업한다고 되어 있는데 문이 닫혔다. 할아버지와 함께 문을 두드려 보니 한참 만에 문이 살짝 열린다. 짜증난다는 표정으로 얼굴을 먼저 내민 중년 남자가 퉁명스럽게 말한다. "오늘은 알베르게 쉬는 날이요. 다른 데로 가 봐요"라는 뜻 같다.

나는 번역앱을 돌리며 사정해 보았다. 몸 상태가 좋지 않아 이곳 마을에서 숙박하려고 했는데 이곳이 아니면 다음 마을은 8㎞나 떨어져 있다고, 두 시간 이상 걸어야 한다고. 힘들어 죽겠다는 표정으로 호소하지만 주인장은 "매주 목요일은 알베르게 쉬는 날이고 그리고 오늘은 목요일

이다"라고 하더니 문을 닫고 들어가 버렸다. 주인의 말은 틀리지 않았다. 일주일에 하루는 쉬어야 하는 사람에게 사정하는 내가 문제인 것이다.

그 마을에서 지체해 봐야 나만 더 피곤해지는 일이다. 마음을 고쳐먹고 8킬로미터 떨어진 다음 마을로 갈 수밖에 없다. 오늘은 이 마을에 머물 계획으로 체력을 안배하며 걸어왔는데 어쩔 수 없는 노릇. 여태까지 예약 없이 알베르게를 찾아서 숙박했지만 이런 경우는 처음이었다. 두 시간만 더 걷자며 자신을 다독일 수밖에 없다.

매주 목요일에 쉬는 알베르게에 도착한 날이 바로 목요일, 좀 더 신중

하지 못한 자신을 탓해야 할까. 아니면 무작정 걸어가는 내가 잘못된 것일까? 다음 마을의 알베르게는 꼭 문이 열려 있어야 하는데….

레온으로 향하며

레온으로 향하는 발걸음이 무거웠다. 알베르게에서 체크카드 분실 소동-소동이라야 나 혼자 천당과 지옥을 오갔다-의 기억이 마음을 지치게 했다. 다신 이런 상황을 겪지 않기 위해 긴장을 풀 수 없었다.

카미노 후반으로 접어들었다. 부르고스의 호텔 싱글룸에서 연박했던 것처럼 레온에서 이틀 정도 쉬면서 체력을 회복하고 싶었다. 아침 출발하기 전, 거울에 비춰 본 얼굴은 햇볕에 그을려 시커멓다. 하지만 표정은 단단해진 느낌이다. 이젠 순례자가 됐음직하게 보인다.

도시로 진입해 이어지는 카미노는 레온 대성당을 향할 것이다. 시가지로 들어서서 터벅터벅 걷는다. 길에는 관광객들로 붐빈다.

레온에선 호스텔(hostel)을 잡았다. 레온 대성당과 가까운 곳의 숙소를 찾아간다. 연박 일정으로 쉬면서 하루는 쫓기는 마음 없이 레온 시내를 구경하리라 마음먹었다. 이번 여행 기간이 50일로 늘어난 게 다행이었다. 땅끝이라는 피스테라와 무시아까지 걷고 난 후에 마드리드로 이동해서 자유여행을 경험해 보자는 계획으로 바꾸었다.

레온 시가지에 진입해서 구글맵에 표시된 호스텔로 향했다. 오래된 성벽들이 나타난다. 관광객들과 행인들로 거리가 북적인다. 토요일 주말이고 따스한 봄기운을 느끼는 때인 만큼 레온에는 관광객들이 몰릴 것이다. 유모차를 밀며 성벽 옆을 걸어가는 젊은 부부. 세련된 옷차림으로 차분하게 걷는 중년들, 삼삼오오 짝지어 쾌활하게 웃으며 지나가는 청년 그룹, 학생들, 다양한 사람들이 레온의 거리를 지난다. 배낭을 메고 그을린 얼굴로 걸어가는 동양인은 나 외에는 눈에 띄지 않는다.

레온은 큰 도시라 알베르게 외에도 다양한 숙소가 많아 순례자들은 여러 곳에 흩어져 머무를 것이다. 프로미스타에서 루치아노와 헤어진 뒤로 한국인을 만나지 못했다. 매일 생장에서 시작해 걷는 한국 사람들이 적지 않을 텐데 왜 보이지 않는 걸까.

점심때를 지나 사람들이 모여 웅성거리는 광장까지 왔다. 사람들로 넘친다. 관광객과 행인들 사이로 이리저리 움직이며 C호스텔을 찾아본다. 분명 이 근처일 텐데 눈에 띄지 않는다. 상가 주변으로 인파가 밀리는 광장이라 마음 놓고 찾기 어렵다. 근처의 노점 상인에게 물었다. 스마트폰의 호스텔을 보여주니 잠시 들여다보곤 조금 전에 지나온 방향을 가리킨다. 이미 두세 번 왕복한 곳이다. 그가 크게 소리를 지른다.

"후안! 후안!"

그때 고개를 돌리는 이가 보인다. 통통한 중년 아저씨가 손을 흔든다. 마치 기다리고 있었다는 듯이. 노점 상인에게 감사하다는 말을 남기고 손을 흔들며 그쪽으로 이동했다.

"올라! 아 유 호스트 오브 C 호스텔?"

"예스."

"오 댕큐, 아이 메이크 리저베이션 투 데이즈."

"예스. 아이 노우. 코레안?"

후안은 사람 좋은 표정이다. 함박웃음을 지으며 내 등을 두드리고 건물 입구의 쪽문을 열어준다. 서두르지 않고 천천히 좁은 계단을 따라 이층으로 올라갔다. 층별로 여러 용도로 사용하는 건물인데 이층이 호스텔이다. 허름하긴 해도 광장 인근에 위치하여 접근성이 좋다. 평점도 좋은 편이었다.

아이 엠 프롬 노스(I am from North)

후안은 여권과 크레덴시알을 천천히 들여다보며 확인한다. 그때 키 큰 백인이 좁은 로비로 나온다. 눈이 마주치자 그는 환하게 웃으며 아는 척 인사를 한다. 악수하자고 손을 내미는데 나는 영문도 모른 채 손을 잡았다.

"나이스 투 미트 유."

"땡큐. 나이스 투 미트 유."

그는 갑자기 소매를 걷어붙이더니 한쪽 팔뚝을 보여준다. 여러 모양의 타투가 새겨져 있다. 거기에 한글로 '강철중'이라는 글자가 쓰여 있다. 나는 잠시 어리둥절해졌다. 그가 말을 늘어놓는다.

"아이 엠 코리안!"

응? 한국 사람이라고? 고개를 갸웃거리며 나도 대답을 한다.

"예스, 아이 엠 코리안 투."

혹시 '한국으로 귀화한 사람인가?' 이런저런 생각을 굴려보지만 쉽게 답이 나오지 않는다.

그가 갑자기 심각한 표정으로 이어서 말한다.

"아이 엠 프롬 노스."

'컥, 북에서 왔다고? 어떻게 해야 돼?' 순간적으로 여러 생각이 머리끝을 스쳐갔다. 한참 뜨악해하는 나를 보고 그 백인은 재미있다는 듯 웃는다. 옆에 서 있는 후안도 빙그레 웃는데 나는 당황한다. 여기 스페인에 와서 북한으로 귀화한 외국인을 만나고 있단 말인가. 이러다 귀국해서 간첩으로 몰리면 어쩌지? 별별 말도 안 되는 상황을 순간 상상하다 보니 어안이 벙벙해져 있는 나를 보고 그가 웃음을 터뜨린다.

"아이 엠 아메리칸."

미국식 발음은 버터처럼 부드럽게 혀가 구르는 연음이 많아 알아듣기 쉽지 않다.

"아! 아 유 아메리칸? 와이 세이 코리안?"

"하하, 아이 라이크 코리아! 아이 러브 코리아. 마이 네임 이스 스티브."

나는 그제야 안심하고 숨을 길게 내쉰다. 나중에 들은 말인즉, 그는 한국을 좋아한단다. 한국인을 만날 기회가 있으면 먼저 농담을 건넨다고 한다. "아이 엠 코리안"이라고. 그러고 나서 "아임 프롬 노스" 하고 하면 나처럼 숙맥들은 깜짝 놀란다고. 설익은 감자 같은 나를 만나 속으로 많이 웃었다고.

스티브는 자신을 아메리칸 카우보이라고 했다. 어림잡으면 70세 전후이다. 턱수염을 기르고 훤칠하게 키 큰 사나이, 행동에 자신감이 넘쳐

흘렀다. 호스텔에서 침대를 배정받고 보니 그의 옆자리였다. 배낭을 풀고 이곳에서 연박한다는 생각에 한결 마음이 가벼워진다. 카우보이는 내가 짐을 풀고 있는 걸 보면서 왜 조가비를 달고 다니지 않는지 물었다. 내 조가비!

부르고스에서였다. 숙소에서 나와 2시간 가까이 걷다가 쉬려고 배낭을 벗을 때였다. 조가비를 호텔방에 놓아두고 왔다는 걸 깨달았다. 아차 싶었지만, 그 조가비를 찾으러 다시 호텔로 돌아가기엔 너무 많이 걸어왔다. 생장의 순례자 사무실에서 3유로를 기부하고 선택한 민무늬의 조가비는 그동안 묵묵히 나와 동행했었다. 다음에 기념품 가게를 만나면 조가비를 구해야겠다고 생각했다. 메세타 평원을 걷는 동안에는 순례자 표식인 조가비 없이 다닐 수밖에 없었다.

카우보이는 내게 손짓을 하며 밖으로 나가자고 한다. 거리엔 행인과 관광객들로 북적거렸다. 카페나 바르에서는 으레 외부에 테이블과 의자를 늘어놓고 손님을 받는다. 주말이라 그런지 거리가 소란할 정도로 북적인다. 카우보이는 여기가 마트이고 저기 바르는 간단히 식사하기에 괜찮다고 알려준다. 인파 속을 헤치고 가니 넓은 광장과 대성당이 나타난다. 'LEON'이란 철자를 새긴 조형물을 광장 앞에 설치해 놓았다. 대성당을 배경으로 기념사진을 찍기 위해 사람들이 줄을 서 있고 그 광장 옆엔 기념품 가게들이 있다. 스티브는 가게 안으로 들어가더니 조가비를 하나 골라 보라고 손짓한다. 여러 모양으로 진열된 조가비 중에 붉은 십자가 문양이 새겨진 걸 골랐다.

스페인에선 다양한 십자가 문양을 볼 수 있는데 특히 붉은색 십자가

의 네 끝이 화살촉이나 창처럼 날카롭게 그려진 경우가 있다. 스페인의 역사를 보면 기독교도와 회교도 간에 이베리아 반도를 차지하기 위한 전쟁이 오랫동안 이어졌다. 기독교 왕국의 군대가 무어인들과 전투를 벌일 때에 종종 말을 탄 사도 야고보가 전장에 나타나 무어인들을 물리쳤다는 전설이 있다. 창끝처럼 사방이 날카로운 붉은 십자가는 스페인의 수호성인 성 야고보와 국토회복 운동 '레콘키스타'를 상징한다고 한다.

내가 조가비를 고르자 스티브는 지갑을 꺼내더니 값을 치룬다. 내가 의아해하자 그는 "기프트"라고 하며 빙긋 웃었다. 그리고 점심을 먹었느냐 물으며 근처의 일식집 한 곳을 추천해주었다. 카우보이는 오늘 저녁식사를 자신이 준비한단다. 메뉴는 파스타와 미트볼, 내 것까지 준비한다고 하는데 감사한 일이지만 내심 의문도 들었다. 아무리 한국이 좋다고 하지만 왜 이리 내게 친절을 베푸는지.

첫 번째 만찬

한국 라면을 사기 위해 중국인 상점을 찾았다. 아무리 맛있더라도 빵과 치즈, 비스킷을 계속 먹으면 한국 라면, 그 맵고 칼칼한 맛이 혀를 당긴다.

호스텔에 돌아갔더니 마침 스티브는 파스타와 미트볼 요리를 마친 상태였다. 계란도 삶아서 길게 반 토막으로 잘라놓았다. 노른자가 완숙되기 바로 전에 꺼냈는지 윤기가 자르르 먹음직스럽게 보인다. '왜 이렇게 잘해주는 거야' 마음엔 의심도 들지만 지친 사람에게 차려준 음식이라 맛나게 먹는다. 파스타는 쫄깃쫄깃하고 미트볼도 직접 소스를 만들어 조리한 것인지 입에 달라붙는다. 그동안 마트에서 인스턴트 미트볼을 구입해 전자레인지에 데워 먹던 것과 완전히 달랐다.

"산티아고를 몇 번 걸었다고요?"

"일곱 번 걸었고 이번이 여덟 번째."

내가 놀라는 표정을 짓자 스티브는 미소를 지으며 이야기를 이어나간다. 미국식 발음이 알아듣기 쉽지 않아 번역앱의 도움을 받는다. 그는 식탁에 있는 무화과, 피고(figo)라는 내 발음을 몇 번이나 교정해 주었다. 피고나 휘고도 아니라며.

“호스피탈레로로 여러 번 봉사도 했어요. 알베르게에서 자원봉사를 하면서 순례자 뒷바라지도 했지요.”

“은퇴하시기 전에 어떤 일을 하시다 지금 이렇게?”

카우보이는 지갑을 꺼내더니 자기 사진을 꺼내 보여준다.

“나는 미 해군 출신입니다.”

미 해군 정복을 입고 성조기를 배경으로 찍은 인물 사진. 한눈에 보기에도 멋지다. 호스텔 밖은 시끌시끌했다. 식당과 주방은 바로 거리 쪽으로 창문이 나 있어 길거리의 소음이 그대로 들렸다. 스페인 사람들은 노는 데에 진심인가 싶을 정도로 와글와글하다.

“난 쿡이었어요.”

스티브가 계란을 잘 삶았다고 느낀 게 그거였구나. 나는 시를 쓰는 사람이라고 소개했다. 무명 시인, 시골에서 그냥 시가 좋아 혼자 시 쓰는 사람이라고.

사람들이 많이 몰리는 보티네스 저택과 레온 대성당을 연결하는 거리에 호스텔이 자리 잡고 있다. 거리의 사람들은 날을 새우며 놀 모양이다. 침대 일층에 자리 잡은 나는 깜박 잠이 들었다. 새벽에 잠에서 깨어 보니 흐릿한 조명 아래 이층침대에서 누군가 코를 드르렁 골며 자고 있다. 슬쩍 보니 가관이다. 옷을 그대로 입은 채로 신발도 벗지 않고 이층 침대에서 곯아떨어져 있다. 지쳐 떨어지도록 놀고 와서 그대로 침대 위에 올라가 잠이 든 청년이다. 아직도 새벽인데 바깥에서 시끄러운 소리가 들려온다.

레온의 밤거리

두 번째 만찬

다음 날 레온 시내를 돌아다니다가 느지막이 호스텔에 들어오니 적막했다. 주방 테이블에서 스티브 혼자 저녁 식사를 하기 직전이었다. 그러고 보니 숙소 주변의 북적북적한 분위기도 사라졌다. 일요일 밤, 숙박하는 사람은 스티브와 나 두 사람뿐이다. 일요일 늦은 오후부터는 사람들이 일상으로 돌아가기 시작한다.

나는 라면을 하나 끓였다. 스티브는 나와 저녁을 먹기 위해서 상당히 기다렸던 눈치다. 미안한 마음에서 속에도 없는 말이 나왔다. "내가 요리를 할 줄 안다면, 불고기를 조리해서 함께 먹을 텐데요."

스티브는 불고기란 말에 귀가 번쩍 뜨였는지 "제일 맛있는 요리"라며 엄지를 세운다. 그는 불고기 요리를 할 줄 안다며 이후 폰페라다에 가서 다시 만나자고 한다. 폰페라다는 레온에서 약 60킬로미터 떨어진 곳이다. 사나흘은 걸어야 도착할 수 있다. 스티브의 말을 들으며 폰페라다가 작은 마을이라 알베르게가 하나밖에 없나 싶었다. 그러고 나서 스티브는 폰페라다까지 자신은 하루 만에 갈 수 있다고 한다. 월요일까지 쉬고 화요일에 출발하면 그날 폰페라다에 도착한다고. 내가 깜짝 놀라며 나이도 있고 어떻게 그럴 수 있냐고, 다리에 무리가 갈 거라고 했더니 그는 늘씬한 몸매를 자랑이라도 하듯 일어난다. 팔뚝의 근육이 튀어나오도록 보디빌딩의 포즈를 취한다. 문제없다고 한다. 나는 스티브라면 가능할 것 같다는 생각이 들었다. 카미노를 여덟 번째 걷는다는 사람이 왜 무리하겠는가. 저녁 식사 후 설거지를 마치자 어둠이 몰려온다. 테이블에서 함께 뜨거운 차를 마셨다.

"저는 내일 아침 일찍 출발합니다. 이틀 동안 스티브의 따뜻한 도움이 없었다면 힘들었을 것입니다. 그동안 많이 지쳐 한국으로 빨리 귀국하고 싶은 마음이었습니다. 최근엔 새벽에 눈이 뜨이면 눈물이 돌 때도 있었어요. 잠도 못 자고, 젊은 나이도 아닌데 왜 이리 사서 고생을 하고 있는지…"

"난 일본에서 태어났어요. 아버지가 군인이었습니다. 덕분에 세계를 많이 돌아다녔죠."

"그런데 가족은요? 아내와 함께 걸으면 좋을 텐데요?"

스티브는 잠깐 머뭇거리더니 지갑을 꺼내 사진을 보여주었다. 지갑 안에 세 사람이 함께 찍은 사진이 보였다. 스티브와 아내, 딸로 짐작되는 사람들이 환하게 웃고 있다.

"오래전에 아내와 딸이 사고로 세상을 떠났어요."

"아이 엠 소리."

그의 아픈 구석을 건드렸는가, 미안함이 앞섰다. 스티브가 퇴역 후에 카미노를 열심히 걸었던 이유가 그것이었을까. 나도 스마트폰에 들어 있는 가족사진을 보여주었다. 아내와 아이들. 나에게 가장 소중한 존재들이다. 가족이 기다리고 있어서 나는 주저앉지 않고, 힘들어도 포기하지 않고, 이 길을 계속 걸어왔을 것이다. 중간에 포기하지 않고 꺾이지 않는 아빠의 모습을 아이들에게 보여주고 싶은 심정. 끝까지 버티며 산티아고 데 콤포스텔라까지 걸어가겠다는 다짐.

이야기를 나누다가 스티브는 방에 잠깐 다녀왔다. 담뱃갑을 꺼내는

데 얇은 종이에 말린 걸 꺼냈다. 스티브는 내게 양해를 구했다. 나는 호스텔엔 단둘뿐이라 괜찮다고 했다.

그는 불을 붙이고 이내 깊이 숨을 빨아들였다. 주방의 창문을 열어놓아 연기는 천천히 창문 쪽으로 빠져나간다. 그는 나에게 한 대 피워 보지 않겠느냐 물었다. 나는 호기심이 일었지만, 퇴직 후 담배를 끊은 상태였기 때문에 손사래를 쳤다. 그는 웃으며 뭐라고 말한다. 재차 되묻는 나에게 그는 천천히 발음했다. '마-리-화-나'라고. 그러면서 그는 내게 다시 권한다. 한 번 피워 보지 않겠냐고. 순간 놀랐다.

"잇츠 어 빅 크라임 인 코리아."

"예스, 아이 노우." 스티브가 크게 웃었다.

이어 그는 암으로 인해 수술을 받았고 통증이 밀려올 때는 마리화나를 피운다고 했다. 미국에서는 의료용으로 합법이라는 말을 덧붙였다. 나는 충격을 받았다. 이 맵시 있고 신사답게 행동하는 카우보이의 마음. 미국은 퇴역 군인들에 대한 대우가 좋다고 들은 적이 있다. 오늘 아침 바르에서 계산하며 내게 보여주듯 비친 그의 지갑 속 달러들. 레온 같은 도시에는 시설 좋은 호텔들이 널려 있는데 돈 많은 사람이 왜 이리 낡고 불편한 호스텔에서 숙박하는지 궁금했다.

"이틀 동안 당신에게 많은 은혜를 입었는데 어떻게 갚아야 할지 모르겠군요."

스티브는 고개를 흔들었다. 내게 베풀어준 호의와 환대를 자기에게 갚으려는 생각은 하지 말라고. 뒤이어 당신이 카미노를 걷다가 혹 힘들고 지친 순례자를 만날 때, 내가 당신에게 해준 것처럼 당신도 힘든 순

레온을 출발하며

례자에게 호의와 친절을 베풀면 된다고. 나는 뒤통수를 한 대 얻어맞은 듯한 기분이었다. 비슷한 예화를 들은 적이 있다. 내가 받은 친절을 상대에게 바로 되갚기보다는 다른 이에게 베풀어라. 그러면 우리 사는 세상이 더욱 아름다워질 것이라고.

이젠 카우보이에게 뭔가 갚아야 한다는 마음의 부담을 내려놓을 수 있었다. 나 또한 걷다가 힘든 상황에 처한 누군가를 만나면 무엇을 해야 할지 깨닫게 되었다. '선한 사마리아인'이 되라는 뜻이다. 선한 사마리아인은 어떤 특별한 은사를 가진 사람만 할 수 있는 것이 아니다. 누구나 공감하는 마음만 가지고 있으면 된다고. 또한 다른 이들이 베푸는 친절에 진심으로 마음을 열어야 한다는 것도.

여행 중에 전혀 낯선 풍경으로 들어설 때에 새로운 나를 만날 수 있지 않을까라는 기대로 설레기도 한다. 빈 마음으로 자신을 성찰하면서 내면의 소리에 귀를 기울이는 시간이 있다. 익숙지 않은 세계에서 겪는 불편도 많지만 그것 못지않게 삶에 대해 새롭게 눈을 뜨는 지혜를 얻기도 한다. 나는 그동안 알지 못하면서 뭔가 신비적인 요소로 가득한 것만 좇고 있지 않았을까. 문득 보이지 않는 것을 볼 수 있는 마음의 눈을 갖고 싶다는 생각이 들었다.

It's not competition!

No Problem!

월요일 아침, 간단히 아침 식사를 마치고 거리로 나섰다. 레온은 주도(州都)인지라 시가지를 빠져나가 교외로 나가는 카미노가 길게 이어졌다. 레온 외곽을 벗어나면 4차선 도로가 일직선으로 달린다. 그 옆으로 비포장 신작로가 이어진다. 도로 위의 자동차들이 씽씽 달린다. 카미노의 햇볕과 바람을 맞으며 걸어가는 순례자는 나 혼자이다. 보이는 건 말라비틀어진 옥수숫대가 널린 들판. 도로 옆의 카미노에는 사람의 그림자 하나 보이지 않는다.

레온 외곽에 다다랐을 때 카미노의 루트를 안내하는 지도가 걸려 있었다. 첫 번째는 산 마르틴 델 카미노까지 일직선으로 걸어가는 루트이고 두 번째 대체 루트는 활 모양으로 빙 돌아가는 길인데 오스피탈 데 오르비고로 향하는 길이었다. 대체 루트를 걸었다면 지금처럼 삭막한

301,8Km
CASTILLA Y LEÓN

풍경은 아니었을 것이다. 대부분의 순례자들은 오스피탈 데 오르비고로 향하는 루트로 걸어간 것 같다.

산 마르틴 델 카미노는 크지 않은 마을이다. 도로를 개설하면서 마을을 양쪽으로 갈라놓았다. 마을을 관통하며 지나치는 자동차들의 배기음만 우렁차다. 알베르게가 두 곳 보이지만 어디를 선택할지 마음을 정하지 못하고 계속 걷는다.

조금 더 걷나 보니 깨끗한 바르가 보인다. 커피 한 잔 하러 들르니 바르 뒤편에 알베르게를 함께 운영한다. 신축한 건물인지 내부가 전체적으로 깔끔하다. 이곳에서 묵어가도 괜찮겠다 싶어 숙박을 신청한다. 오후 2시를 넘은 시각이라 다음 마을까지 걸어갈 자신도 없다.

서쪽으로 성당의 탑이 보인다. 3단의 아치 형태로 세워진 종탑 위에 십자가가 보인다. 그런데 황새의 둥지가 여러 개이다. 큰 둥지를 틀고 들어앉은 황새 무리들. 하늘을 배경으로 적갈색 벽돌로 세운 아치와 흰 십자가가 빛에 반짝인다. 칸칸마다 둥지가 들어섰다. 황새들이 둥지 밖으로 머리를 내밀고 있는 걸 보니 새끼들도 보인다. 십자가 아래에서 보호받고 있는 대상은 사람이 아니라 황새 가족들이다.

여기 성당의 주인은 누구일까. 대도시에 접해 있는 작은 마을, 이곳은 자동차로 20분이면 레온까지 오갈 수 있다. 금방 도시에 닿는다. 지금은 카미노 경로에 위치해 소수의 순례자들만 오간다. 과거에 번성했던 마을은 쇠락하고 빈집만 늘어난다. 사람은 줄고 성당에 신자들이 없으니 결국 저 성당의 주인은 황새가 되고 말았다. 깍깍 울음소리를 내는 황새들이 성당의 종마루에서 이방인을 경계하듯 보초를 서고 있다.

알베르게 침대방엔 나보다 먼저 들어와 누워 있는 사람이 있었다. 신축이라 그런지 침실과 화장실이 남녀로 구분되어 있다. 남자 침실에는 유럽인과 나, 오늘 밤은 두 사람만 숙박하게 될 것 같다. 여자방 쪽은 아예 인기척이 없다. 방 안에 이층 침대 일곱 개가 놓여 있지만 다행히 두 사람만 있어서 마음이 여유로워진다. 먼저 들어온 사람과 인사를 나누었다. 프랑스에서 왔다고 한다. 이름은 디에고. 나는 스마트폰의 번역앱을 돌렸다.

'나는 당뇨가 있어서 새벽에 한두 번 깨어 화장실을 가게 된다고, 혹시 잠을 깨우더라도 이해해주라고. 덧붙여 아침에 일찍 깨어 배낭을 챙기게 되더라도 양해해 달라'는 내용.

디에고는 내 말이 끝나자 어깨를 으쓱했다. 여유 있는 미소를 지으며 딱 한마디한다.

"노 프라브럼(No problem)!"

나도 덩달아 어깨를 으쓱했다. 그의 미소에 안심하고 잠을 이룰 수 있겠다.

It's not competition!

이튿날은 유럽에서 서머타임이 시작되는 날이다. 스마트폰을 보니 아침 7시인데 사방이 깜깜했다. 어제까지는 아침 6시였는데 1시간이 빨라지니 새벽처럼 느껴진다. 출발할 채비를 마치고 밖으로 나섰다. 찬 기운이 훅하니 목 주위로 들어온다. 동편 하늘에 머지않아 먼동이 틀 것이다. 막상 길로 나서면 노란 화살표 찾기가 쉽지 않을 것 같다. 알베르게 마당에 놓여 있는 의자에 앉았다. 좀 더 날이 밝기를 기다리며 몸을 푼다.

해가 지평선에서 떠오른다. 대문을 열고 도로로 나섰다. 도로를 건너 이어지는 신작로를 찾아 걷는다. 평야 지역이라 길을 잃을 염려는 없다. 혹시 카미노에서 벗어나더라도 금방 되돌아올 수 있을 것이다. 어둑한 신작로를 따라 걷는다. 조금 전 도로를 건너고 나서 노란 화살표가 보이지 않아 불안한 마음이 살짝 든다.

걷고 있는 비포장 길은 4차선 도로와 30도의 각을 이루며 점차 멀어져 간다. 이른 아침이라 멀리 헤드라이트를 켠 차들이 드문드문 달린다. 자동차의 소음이 작아지더니 이윽고 조용해진다. 30분쯤 걸어가는데 좌우로 경지 정리된 농경지만 계속 이어진다. 갈림길이 나올 때는 카미노 표지석이나 노란 화살표가 보여야 하는데 없다. 혹시 제 길이 아니더라도 걷다 보면 저 멀리 끝에서 카미노와 연결되겠지 하는 맘으로 계속 걸었다.

먼동이 트고 사위가 완전히 밝아졌다. 나는 구글맵을 확인한다. 아, 잘못되었다. 카미노와 방향이 틀어진 대로 계속 걸었는데 지평선 끝에서 만나지 않는다. 상당한 시간 동안 설마 하며 걸었다. 원래의 카미노로 돌아가려면 1시간 정도 걸릴 것 같다. 후회가 된다. 길을 잘못 든 것 같으면 1분이라도 빨리 제 길을 찾아야 한다.

서로 합류하겠지 기대하며 걸어도 길은 만날 수 있고 그렇지 않은 경우도 있다. 그동안 카미노와 방향이 다른 길을 걸었던 것이다. 급한 마음에 농로에 뛰어들어 걷는다. 아침 일찍 출발했는데 아까운 시간을 까먹었다. 시간보다도 체력이 떨어진다는 걱정이 앞선다. 함께 묵었던 디에고는 나보다 늦게 출발했지만 이미 상당히 앞서갔을 것이다. 카미노를 찾아 들어서니 점차 구릉지로 접어든다.

2시간 가까이 걸었으니 적당한 쉼터를 찾아 아침 끼니를 때우면 된다. 멀리 쉼터가 보인다. 한 사람이 쉬고 있다. 배낭을 꾸리는 폼이 다시 출발하려는 모양이다. 거리가 가까워지자 디에고가 확실했다. 그가 누워 있을 때 출발했는데 그는 나보다 빨리 이곳에 도착했다. 내가 길을 잘못 들어 시간을 얼마나 까먹은 거야, 아쉬움이 올라온다.

"올라! 디에고."

디에고도 웃으며 "올라!"인사를 건넨다.

"아이 스타트 어얼리 댄 유, 벋 아이 레이트 댄 유(I start early than you, but I late than you)."나는 콩글리시로 농담 비슷하게 건넸다. 그러자 디에고가 정색하며 대답을 한다.

"잇츠 낫 컴피티션(It's not competition)."

"유 아 라잇(You are right)."나는 맞장구를 쳤다.

"아이 엠 필그림. 아이 엠 크리스천. 아이 엠 낫 투어. 아이 오운리 워킹 고 투 콤포스텔라."

이어지는 내 말에 디에고는 미소를 짓고 손을 내민다. 우리는 한동안 손을 잡고 "부엔 카미노" 인사를 나눴다.

디에고의 말은 내 마음에 깊이 들어왔다. 나는 순례길을 걷고 있는 것이지 콤포스텔라까지 빨리 도착하려는 경쟁을 하는 게 아니었다. 매일 얼마나 걷고 어디까지 갈지는 내가 선택하는 것이다. 여기 카미노에서는 누구의 명령이나 요구에 따르지 않는다. 카미노에선 그럴 필요가 없다. 자기 컨디션과 계획에 맞춰서 걸으면 그만이다. 목적지인 콤포스텔라에 도착하면 그것으로 완성되는 길이다.

디에고의 말을 듣고 더 겸손해져야겠다는 마음이 들었다. 카미노를 걷다가 다른 순례자들을 만날 때 은연 중에 나는 프랑스의 생장에서부터 출발해 섣는 것을 마치 자랑으로 삼듯 말하곤 했다. 중간 지점의 도시에서 출발하는 순례자들을 마치 하수로 생각하는 치기 어린 마음이 들 때가 있었다. 어리석었다. 카미노는 순례이지 결코 '경쟁'의 달음질이 아니다.

아스토르가까지, 발뒤꿈치의 통증

산 마르틴 델 카미노 이후 평원 지형은 점차 사라진다. 오르막길이 나타나고 구릉을 따라 굽어지기도 한다. 주로 관목들이 자리를 차지하지만 듬성듬성 숲길도 늘어난다.

순례길 종착지를 앞에 두고 후반부를 진행하는 셈이다. 매일 걷는 시간이 축적되면서 몸에서 통증을 느끼는 부분들이 달라진다. 어깨와 목덜미가 쑤시듯 통증이 이어질 때가 있고 허리가 뒤틀리듯 압박감을 느낀 날도 있다.

메세타 평원의 여정이 끝나가는 무렵, 무엇보다 발바닥이 아프기 시작했다. 발뒤꿈치에 통증이 집중되어 오래 걷기에 힘들었다. 무릎이나 발목은 괜찮았다. 걸음 수로 3만 보 정도 걸으면 발바닥에 아리는 느낌이 시작되어 이후 걸음을 내딛을 때마다 뒤꿈치를 예리한 칼로 저미는 듯한 통증이 집중되었다. 25킬로미터를 넘어서면 나중엔 발을 질질 끌면서 걸을 판이다. 체력도 계속 떨어진다. 뒤꿈치에 통증이 시작하면 체력이 고갈된 듯 몸에서 진이 빠지는 느낌이 생겼다. 오후가 되면 걷는 일 자체가 힘겨웠다.

팜플로나에 머무를 때 한국에서 가져온 당뇨약을 버렸다. 두 달분을 담아왔는데 음식을 절제하고 매일 배낭 메고 운동한다면 앞으로 약 없이도 충분히 걸을 수 있겠다는 생각이었다. 당뇨 정도는 순례를 통해 극복할 수 있다고 과신한 것 같다. 한 달 가까이 지난 지금, 몸에서 진이 빠진다는 느낌이 혹시 당뇨와 연관이 있을까 싶으면서 곧 괜찮아질 거라며 자신을 달랠 수밖에 없었다.

'아스토르가'라는 도시가 영영 나타나지 않을 것 같이 멀게 느껴졌다. 뜨거운 태양이 인정사정없이 내리쬔다. 부르고스에서 아스토르가까지 이어지는 메세타 평원 구간을 걷지 않고 뛰어넘는 순례자들이 있다고 들었다. 버스나 기차로 이동하면서 고통의 시간을 건너뛰는 것이다.

순례자는 오늘이나 내일, 앞으로 벌어질 상황에 대해 알지 못한다. 힘들고 어려운 경우와 맞닥뜨리더라도 감당할 수 있으리란 기대로 걷는다. 그러나 힘에 부쳐 곤핍하게 되면 순례자는 자신이 의지할 수 있는 힘을 찾아 기대게 된다. 육체의 힘만으로 이겨낼 구간은 아니다. 걷는 이의 영혼에 깊은 울림을 새겨 넣는 시간이다. 이른바 '정신의 단계'나

아스토르가를 향해, 평원을 벗어나 점차 언덕길이 이어진다

'영혼의 단계'에 들어간 것이다.

오르막길에서는 40~50보를 걷다가 숨을 몰아쉰다. 배낭의 멜빵이 어깨를 짓누른다. 나도 모르게 상체를 앞으로 조아리는 모양새로 걷게 된다. 힘을 내기 위한 방편으로 노래를 부른다. 고통이 심해지면 영적으로 의지하는 그분을 떠올리며 입술에서 찬양이 흘러나온다.

주님 말씀하시면 내가 나아가리다

주님 뜻이 아니면 내가 멈춰서리다

내가 가고서는 것 모두 주님 뜻이니

오 주님 나를 이끄소서

뜻하신 그곳에 나 있기 원합니다

이끄시는 대로 순종하며 가려니

연약한 내 영혼 통하여 일하소서

주님 나라와 그 뜻을 위하여

오 주님 나를 이끄소서

대성당과 주교궁

아스토르가에 들어섰다. 노란 화살표를 따라 구시가지 성(城) 안으로 들어간다. 기대했던 것보다 큰 도시이다. 성벽 안으로 들어서자 공립 알베르게가 눈에 띈다. 알베르게 입구에는 여러 나라 말로 순례자를 환영한다는 인사말이 적혀 있다. '환영'이라는 한글도 보인다. 문을 열고 들어가니 중년 여성이 미소를 띠고 맞아준다. 크레덴시알과 여권을 내밀고 방을 배정받는 루틴. 이곳은 성당이나 순례자협회에서 운영하는 숙박 시설이다. 자원봉사자들이 알베르게의 관리와 일을 처리하고 순례자들을 돕는 곳이다.

알베르게 입구에 아스토르가 관광지도가 놓여 있다. 대성당이 있는 도시이다. 대성당이 존재한다면 역사적으로 이 근방의 중심지였을 것이다. 시간의 흐름에 따라 도시는 성장을 계속하는 경우가 많지만 반대로

아스토르가 대성당 박물관(대주교의 제의)

쇠락하는 경우도 있다. 인구가 줄고 도시의 성장이 정체되어 힘을 잃으면 중세부터 이어진 종교적 권위도 더불어 약해졌을 것이다. 아스토르가라는 도시가 그렇지 않을까. 건축가 가우디가 설계한 주교궁이 대성당 옆에 위치한다. 고풍스러운 대성당과 가우디의 건축물이 있다면 관광객들이 많이 찾는 도시일 것이다.

스페인에서 대성당 내부를 자세하게 관람한 경우는 아스토르가 대성당이 세 번째이다. 레온 대성당을 돌아보며 유럽식 성당 구조를 많이 이해할 수 있게 되었다. 대성당 옆에는 중정을 중심으로 부속 건물이 자리 잡고 있다. 엄숙한 분위기를 자아내는 좁고 긴 복도와 계단을 처음엔 앞

뒤도 모른 채 구경하기에 바빴는데 이젠 익숙해진 셈이다.

아스토르가 대성당도 마찬가지이다. 대주교가 관할하던 시절의 화려함이 눈을 부시게 한다. 금속을 세공하고 보석을 박고, 제의에 정교한 수를 놓았던 세공사들은 어디로 사라졌을까. 지금은 박물관으로 변해 관광객의 입장료로 건축물과 유물을 관리해야 하는 처지가 되었다.

대성당 관람을 마치고 가우디가 설계한 주교궁으로 향했다. 외관은 안데르센 동화의 행복한 왕자와 공주가 살고 있을 것 같은 분위기이다. 주교궁 내부의 층계를 오를 때마다 내 발뒤꿈치에선 비명을 지른다. 손으로 벽을 잡고 천천히 올라야 했다. 주교궁의 한 방에 들어섰다. 아마

가우디가 설계한 주교궁

과거에 대주교를 알현하는 접견장소였던 듯하다. 사방 벽엔 그동안 재임했던 대주교들의 초상화가 게시되어 있다. 청빈한 수도사의 모습으로 그려진 경우도 있고 화려한 제의를 입고 지팡이를 든 초상화도 보인다. 재임하던 시기에 대주교는 교구의 가장 높은 자리에 있던 사람이다. 지금은 초상화와 이름, 재위 기간이 적혀 있는 기록을 제외하고 이들을 기억하는 사람은 남아 있지 않다.

아스토르가 대성당과 주교궁을 둘러보고 알베르게로 돌아가는 길에서 한 발 한 발 내딛는 발걸음이 아팠다. 내일 다시 걸을 수 있을까. 잠을 자고 나면 회복되겠지, 작은 희망을 안고 침낭 속으로 파고든다. 내일 아침에 일어나면 그분께서 다시 걸을 힘을 주실 것이다.

멀리 가려면 함께 가라

폰세바돈 마을이 보인다. 깊은 산골의 화전(火田) 마을처럼 고적하다. 아스토르가에서 폰페라다로 넘어가는 산길에 위치해 지친 순례자들에게 잠자리와 쉴 곳을 마련해주는 곳이다.

마을로 들어가는 길 가운데에 돌십자가가 세워져 있다. 마을 뒤편으로는 산 능선이 이어진다. 내일은 저 능선을 넘어 걸을 것이다. 메세타 평원을 지나온 스페인 땅에서 폰세바돈은 첩첩산중이라 불릴 만하다.

이런 산골엔 번듯한 농토도 없고 학교나 병원 등 편의시설이 존재하지 않는다. 지금은 마을 길을 따라 바르와 알베르게 몇 채만 제외하면 옛날 주민들이 살았던 가옥들은 대부분 무너져 내린 상태이다. 폐허가 된 벽과 지붕에는 검은 곰팡이의 흔적들만 남아 있다. 과거에 힘겹게 살았을 사람들을 상상해 본다. 척박한 산골에서 태어난 아이들은 교육을 받기 위해 도시로 나갔을 것이다. 마을의 노인들이 세상을 떠나면 그 아이들은 다시 이 산골로 돌아오진 않을 것이다. 한때 집터 간의 경계를 표

시했던 무너진 돌담만이 사람들이 옹기종기 모여 살았던 곳임을 알려준다. 이젠 순례자를 맞는 숙소와 바르 영업을 하는 건물 들만 남았다.

산골 알베르게

폰세바돈 마을 끝에 위치한 공립 알베르게를 찾아가니 문에 '세라도(cerado)'라고 적혀 있다. 낡고 작은 건물, 아마 코로나 시기부터 문을 닫았는지 모른다.

산바람이 거세다. 마을 입구에 위치한 사립 알베르게로 서둘러 내려간다. 일층은 바르와 식당, 이층은 알베르게로 운영하는 집이다. 창문마다 바람을 막기 위해 덧문이 달려 있다. 식탁과 의자도 소박한 나무로 만들어진 가구들. 숙박만은 안 되고 저녁 식사대까지 값을 지불해야 한다.

삐걱거리는 나무 계단을 밟고 올라간다. 이층 침대가 비좁게 놓인 침실이 나온다. 침대와 침대 사이 간격이 여태 머물렀던 어느 알베르게보다 좁다. 침실 안은 어둑하다. 바람 때문에 덧문까지 걸어 놓으니 어두침침한 분위기. 침대 위에는 담요가 하나씩 놓여 있다. 1회용 침대보를 주지 않았다. 침대에 놓인 담요가 언제 세탁되었는지 알 수 없다. 이곳 알베르게를 이용하는 수많은 순례자들의 몸을 덮어주었을 것이다. 이런 담요를 보면 혹시 베드버그라도 옮길까 싶어 걱정된다. 배낭에서 침낭을 꺼내 정리하며 화장실을 보니 단 두 개뿐이었다. 내일 아침이면 화장실에 줄을 설 것이 분명하다. 화장실에 오래 앉아 있는 나 같은 사람에겐 치명적인 아침이 될 것이다.

마을엔 공동 샘이 있다. 얼음처럼 차가운 물에 양말을 빨았다. 가진 게 세 켤레, 하루를 건너뛰었으니 오늘 두 켤레를 세탁해야 안심이 된다. 무너진 집 더미와 흩어진 잔재물을 둘러본다. 집의 규모나 내부의 방 크기도 작다. 옛날의 순례자들은 콤포스텔라를 가기 위해 산길을 올라 이 마을을 거쳐 갔다. 레온 산맥을 넘어 폰페라다라는 다음 목적지에 도착하기까지 험한 산길을 헤쳐가야 했을 것이다. 지금이야 해를 끼치는 짐승도 없고 산적이나 강도를 만날 리 없지만 과거의 순례자들은 목숨을 걸고 넘었던 길이다.

저녁 6시. 아래층 식당으로 이동했다. 열댓 명의 순례자가 테이블에 앉아 음식 나오기를 기다린다. 동양인은 나 혼자다. 빵과 함께 렌틸콩이 들어간 뜨거운 수프가 작은 항아리에 담겨 나왔다. 각지 국자로 먹을 만

메세타 평원 지역에서 용변 처리

큼 떠서 먹는다. 뜨거운 김이 모락모락 피어오르는 수프가 반갑다. 낯모르는 이들 사이에서 대화에 참여하지 못하고 조용히 식사한다. 치킨이 나오고 닭다리를 발라 천천히 먹었다.

비좁은 침대 사이로 배낭이 겹겹이 놓여 있다. 저녁 무렵에는 비워진 침대 없이 순례자로 꽉 찼다. 스마트폰을 충전할 콘센트마저 부족했다. 꽉 찬 콘센트에 어쩌다 구멍 하나가 비었다. 평상시엔 보조 배터리를 먼저 충전하고 그 후에 스마트폰을 꽂는다. 새벽에 잠이 깨어 충전된 보조 배터리를 베개 밑에 넣어두고 다시 잠들었는데 아침에 출발하면서 깜박 잊고 말았다.

이날 오후에 보조 배터리를 찾는데 보이지 않아 당황했다. 어디서 빠졌을까, 배낭을 풀어놓고 샅샅이 뒤졌는데 없다. 그제서야 기억났다. 폰세바돈의 베개 밑에 놓아두고 왔다는 것을.

아침 일찍 출발해 풍경 사진을 수시로 찍으며 걷다 보면 오후엔 스마트폰의 충전량이 급속히 떨어진다. 오후에 맵을 작동하려면 보조 배터리로 충전해야 안심할 수 있었다.

철의 십자가

동쪽 능선 너머 하늘이 보랏빛으로 물들어 있다. 산골의 매섭고 찬 기운이 몸으로 파고든다. 장갑을 끼고 비니를 깊이 눌러썼다. 산골의 이른 아침은 겨울이나 다름없다. 마을의 불빛이 점차 나무에 가려 사라진다. 한참 산길을 타고 올랐다. 먼동이 튼다. 어느덧 오르막길이 끝나고 평탄한 길이 시작된다.

멀리 하늘을 향해 솟아 있는 십자가가 눈에 들어온다. '철의 십자가'에 왔다. 산티아고 순례길을 상징하는 명물이다. 철의 십자가를 보면서 천천히 걷는다. 하늘을 향해 높이 솟아오른 기둥. 그 위에 놓인 작은 십자가. 십자가 기둥 아래에는 작은 돌들이 언덕을 이룰 만큼 쌓여 있다.

철의 십자가에 도착했다. 주변엔 젊은 커플이 사진을 찍고 있다. 가볍게 "올라" 인사만 나누고 한쪽에 배낭을 내려놓고 돌무더기 위로 올라가 보았다. 형형색색의 글과 그림들로 채워진 작은 돌들이 쌓여 있다. 군데군데 한글도 눈에 띄었다. 한국에서 온 순례자들도 소원의 목록을 적어 놓았는데 그중 하나가 눈에 들어온다. 작은 조약돌 표면에 소망을

압축하려 얼마나 생각했을까. 가장 마음에 있는 기도 제목들을 골라 적었을 것이다. 저마다의 돌에는 소원을 적었던 사람들의 표정이 담겨 있다. 찡그린 녀석, 환하게 웃는 녀석, 훌쩍거리는 모난 돌도 있고 사랑의 감정을 영원히 담으려는 약속의 돌도 보인다. 철의 십자가 아래에 소원을 적은 돌을 놓기 위해 많은 사람들이 집에서부터 돌을 하나씩 준비해 온다는 걸 나중에 알았다.

돌에 새겨진 소원에는 아마 '사랑'이라는 단어가 가장 많으리라. 옆에서 키득거리는 청년 커플 또한 그들만의 사랑을 적어 놓아둘 것이다.

산맥의 능선을 따라 내리막길이 시작된다. 태양이 떠오르자 환하게 비추는 햇살, 따스한 기운을 내뿜는다. 기분이 좋아진다. 고지에서는 소를 방목하는 초지가 펼쳐져 있다. 내려가는 길에 마주치는 외딴 집들은 아마 소를 방목하며 살던 대피소 역할이 아니었을까. 높고 푸른 하늘에서 햇볕을 내리쏟는다. 숲길을 두 팔을 벌리며 걸어 보았다. 가벼워진다, 몸도 마음도 훨훨.

배는 항구를 떠나야 한다

레온 산맥을 내려가는 길은 종종 거칠었다. 우리나라 등산로를 따라 내려가는 기분이다. 헛발을 디딜까 조심스럽게 걷는다. 스틱은 내 몸과 무릎 관절을 지켜주는 든든한 친구이다. 고도가 낮아짐에 따라 산길 옆에 봄꽃들이 다투어 피어나고 있다. 스페인 땅에도 봄이 왔다. 노랗고 빨갛게 피어난 여린 꽃들, 보랏빛 무스카리도 많이 보인다. 우리나라에선 정원의 봄을 알리는 단아한 꽃으로 여겼는데 여기 스페인에선 야생화인가 보다.

산 아래로 내려가는 중에 만난 작은 마을의 바르에서 점심을 먹는다. 커피에 크로와상 두 개. 햇볕은 따사롭게 마을을 비추는데 야외테이블에 앉은 나는 이곳에서 낮잠 한숨 자고 싶었다. 평상이 하나 있다면 배낭을 베개 삼아 한 시간만 자고 일어나면 피곤이 가실 것 같았다. 봄볕만큼 생명에게 좋은 게 있을까.

카미노를 걷다 보면 종종 세상을 떠난 사람을 기념하기 위한 표지석

이나 돌무더기 등을 만난다. 콤포스텔라까지 걷다가 갑작스러운 사고로 사망하는 경우도 있고, 암 등 불치병을 감수하고 걷다가 목적지에 도달하지 못한 이들을 기리는 기념석도 있다. 그들은 생명이 다하는 날까지 콤포스텔라에 닿기 위해 걸었으리라. 그러고 보면 건강한 모습으로 걷고 있는 나는 얼마나 큰 은혜를 받은 사람인가 싶다.

어디쯤일까. 산길을 내려오다가 작은 돌무덤을 만났다. 작고 검은 묘비가 돌무더기 위에 세워져 있다. 아마 자전거로 순례하면서 내리막길에서 넘어져 사고를 당했을 것 같았다. 가까이 가서 비문을 읽었다. 사망한 이의 이름과 생몰 연도가 적혀 있다. 비문에는 1999년 8월에 태어나 2016년 7월에 세상을 떠났다고 적혀 있다. 17살의 청소년. 우리나라로 친다면 고등학교 2학년쯤 될 것이다. 한여름에 태어나 만 17살이 되기 직전 하늘나라로 떠난 것이다. 그 아래에 문장이 하나 적혀 있다.

The boat is safer anchored at the port, but that's not the aim of boat.

배는 항구에 정박해 있을 때 가장 안전하지만, 항구에 머무는 게 배의 목적은 아니다.

읽는 순간 가슴 한쪽이 아렸다. 한창 청춘을 즐길 십 대인데 순례길에서 사망했다. 부모와 지인들은 사고 소식을 들었을 때 어떠했을까. 묘비에 기록된 문장은 소설가 파울로 코엘료의 『순례자』라는 작품에 나온다.

꽃다운 나이에 하늘나라로 간 아이들이 오버랩되었다. 꿈을 펼치지 못한 노란 나비들이 날개를 고이 접고 물속으로 가라앉았다. 우리가 이들을 기억하는 한 노란 나비 떼는 하늘로 날아올라 별이 되고, 그래서 세상이 어두울수록 빛을 더 반짝인다고 믿고 싶다.

우리 모두는 크든 작든 각자의 꿈을 갖고 있다. 그러나 살기 위해, 살아남기 위해 분투하면서 마음에 간직했던 꿈들은 사그라진다. 지금은 자본 획득과 축적이 가장 큰 꿈이자 목표라고 공공연하게 외치는 세상이다. 아름다운 세상을 만드는 꿈을 '돈'으로 대체하며 살고 있는지 모른다. 산티아고 순례길을 완주하는 일은 내 꿈의 하나이자 버킷리스트였다. 오늘 나는 꿈을 이루고 행하는 과정에 서 있다. 그래서 행복한가, 자신에게 묻는다면 확실한 답을 하기는 어렵다. 힘들어도 꿈을 꾸고 상상할 때가 가장 즐겁고 행복한 시간이다.

폰페라다까지 걷다

맑은 강물이 흐르는 옆으로 봄 햇살을 듬뿍 받고 있는 마을이 보인다. 몰리세나카라는 곳이다. 산맥에서 시작된 물줄기가 계곡을 타고 내려와 메루엘로강(Rio Meruelo)을 만들었다. 수정같이 청정한 물이 흐르는 강 바닥에는 조약돌이 깔려 있다. 바짓가랑이를 걷고 물속에 들어가 가재라도 잡고 싶다. 로마의 건축 기술이 담겨 있는 석조 교량을 건넌다. 다리 위에서 강물과 마을을 바라보는 풍경이 기막히게 예쁘다.

강 옆엔 집들이 옹기종기 모여 있고 강가엔 바르와 카페들이 산뜻한 모양새로 자리 잡고 있다. 풍경화에 그려진 동화 같은 마을. 이런 곳에서 일박하고 쉬어도 참 좋겠다 싶다. 아쉬운 마음을 남겨두고 폰페라다까지 더 걸어가기로 했다. 거리엔 순례자들이 여유를 즐기고 있다. 낮잠자는 삽살개처럼 늘어져 봄날의 햇볕을 즐긴다. 몰리세나카를 지나 계속 걷는다. 도로를 따라 고갯길이 시작된다. 경사는 급하지 않는데 오르막의 종착지가 보이지 않을 정도로 길게 이어진다. 끝이 없을 듯 이어지는 오르막길의 고갯마루에 정신력으로 버티며 걸으니 비로소 내리막이 시작된다.

폰페라다 시가지가 멀리 보인다. 강둑 뒤로 성벽이 에둘러 서 있다. 눈앞에 보이는 폰페라다에 도착하기 위해서 한참 걸어야 한다. 발바닥에는 통증이 계속된다. 폰페라다 시가지가 손에 잡힐듯 뻔히 보이면서도 발바닥이 쿡쿡 쑤시는 듯한 아픔에 5분 정도 걸을 때마다 쉬어야 했다.

겨우 폰페라다의 공립 알베르게 앞에 도착했다. 간신히라는 말이 무

AGUA
Gratis
Free
WATER
물

색하지 않을 정도로 지쳐 있었다. 숙박 요금은 기부제. 자원봉사자들이 관리하는 곳이었다. 주방도 넓고 시설도 쾌적한 편이다. 룸에 이층 침대가 2개씩 설치되어 한 방에 4명이 머무르는 구조였다. 폰페라다는 큰 도시였다. 역사적으로 보면 십자군의 템플기사단이 위치했던 방어의 본거지였고 기사단이 쌓았던 고성(古城)이 잘 보전되어 있다. 카우보이 스티브가 폰페라다에서 만나자고 했는데, 도착해보니 서울에서 왕서방 찾기다.

짐을 풀고 마트에 다녀왔는데 한국인 청년이 침대에서 짐을 정리하고 있었다. 오랜만에 한국 사람을 보게 되니 무척 반가웠다. 일주일이 넘도록 한국인을 만날 수 있다는 기대도 하지 못했다. 그런데 같은 방에서 한국말을 나눌 수 있게 되었다.

두준 청년은 군산에서 왔다고 했다. 좋은 역사 교사가 되고 싶어하는 그는 직장 생활을 그만두고 큰맘 먹고 세계일주 계획을 세웠다고 한다. 첫 여정이 산티아고 순례길. 두준 역시 다리 상태가 좋지 못했다. 나보다 더 심한 상태였다. 다리와 무릎의 통증으로 인해 걷지 못하고 버스로 건너뛰기도 했다. 오늘 아침에는 아스토르가의 알베르게 문 앞에서 출발하지 못하고 그냥 주저앉아 있었다고 한다. 걸을 수 없어 난감해하는 그를 알베르게 주인이 보고 구급차를 불러줬다고 한다. 대학병원에 가서 진찰받고 약을 탄 후에 버스로 이곳 폰페라다까지 이동했다는 것이다. 나이 차이를 떠나 서로 힘든 와중에 폰페라다의 알베르게, 같은 방에서 묵게 되었다. 두준의 얼굴에는 지친 표정이 드러났다. 나 역시 마찬가지였을 것이다.

배낭 속에 비상용으로 보관하던 마지막 남은 라면 하나를 꺼냈다. 참을 수 없을 정도로 힘들 때 끓여 먹자며 아껴둔 것, 바로 그 라면을 끓일 날이 온 것이다. 주방에서 라면을 끓여 나눠 먹고 국물에는 마트에서 구입한 냉동 파에야를 말았다. 마지막까지 아꼈던 튜브 고추장을 꺼내 넣었다. 지친 두 사람을 이렇게 만나게 한 데는 그분의 뜻이 작용하지 않았을까. 두준은 생장에서의 경험을 나에게 말해주었다.

"생장에서 캄캄한 아침에 출발한 날이었습니다. 길을 찾지 못해 이리저리 얼마나 헤맸는지 모릅니다. 그러다 불빛에 비친 노란 화살표를 문득 보게 되었어요. 한순간에 불안이 가시고 마음이 놓였습니다. 방향을 가리켜주는 작은 화살표 하나가 사방이 깜깜한 길을 걷는 사람에게 정말 큰 힘이 된다는 것을 깨달았지요. 저도 노란 화살표 같은 사람, 청소년들에게 좋은 길을 제시해줄 수 있는 교사가 되고 싶다는 생각을 했습니다."

폰페라다 이후 콤포스텔라에 도착하기까지 여드레 동안 두준과 동행하게 되었다. 트리아카스텔라, 사리아, 포르토마린 등을 거쳐 콤포스텔라에 들어가기까지 알베르게에서 출발해 걷다가 점심 때 바르에서 만나면 함께 식사를 했다. 오후에는 숙소에 먼저 도착하는 사람이 침대가 남았는지, 숙박이 가능한지를 카톡으로 알려주기로 했다. 사리아 이후 공립 알베르게를 얻을 수 있는지 걱정이 많았던 나는 한시름 놓을 수 있었다. 동행이 있다는 게 얼마나 안심이 되었는지 모른다. 서로 힘들 때 만나 콤포스텔라에 도착하기까지 힘이 되어주었던 카미노의 친구.

멀리 가려면 함께 가라는 말이 있다. 빨리 가려면 혼자 가면 되지만 멀리 가려면 친구가 있어야 한다는 격언이 이리 들어맞을 수 없다. 두준과 폰페라다에서 만나지 못했더라면 남은 여정을 어떻게 완주했을까 싶다.

베짱이

광활한 포도밭이 이어진다. 언덕과 구릉마다 조성된 포도밭은 끝이 보이지 않는다. 군데군데 키 큰 나무 한두 그루, 그늘을 드리우고 있는 곳을 제외하곤 포도원이 이어지는 길이다.

포도원 한 곳을 지나다 보니 나무 표지판에 '베짱이' 그림이 새겨져 있다. 바이올린을 켜는 베짱이의 모습. 그 옆에 'Cantarina'라고 적혀 있다. 스페인어로 '목소리가 좋은, 노래를 잘 부르는 여인 또는 여가수'란 뜻이다.

「개미와 베짱이」란 우화를 모르는 이는 없다. 개미는 여름에 부지런히 땀을 흘리며 일을 한다. 반면 여름 한철 걱정 없이 즐겁게 놀던 베짱이는 어느덧 겨울을 맞아 양식이 떨어져 굶는다.

포도원 간판의 베짱이처럼 바이올린을 켜고 노래를 부르는 삶, 자신의 삶 자체를 오롯이 즐기면 어떨까라는 생각이 든다. 치열한 경쟁으로 각박해진 세상. 개미처럼 아득바득 살아야 지혜가 있고 잘살게 된다는 논리. 겨울에 양식을 꾸러온 베짱이를 매몰차게 쫓아내는 개미보다는

비야프랑카로 가는 길

베짱이의 음악을 듣고 양식을 나눠주는 마음 넓은 개미들과 어울려 살 수 있는 세상이라면 어떨까.

낙타의 등이 부러지는 건 지푸라기 하나의 무게 때문이란 속담이 있다. 찻잔 속 찻물이 부풀어 올라 넘치기 직전, 물 한 방울이 더해지면 현상을 유지하려는 힘의 균형이 무너져 찻물은 흘러넘치고 만다. 참을 대로 참아내다가 바늘 하나의 무게가 더해져 그동안 축적된 중압감을 견디지 못하면 터지게 된다. 압박감이나 스트레스가 쌓이다 보면 어느 순간 티핑 포인트가 온다. 해소할 수 있는 기회를 놓치고 폭발하는 상황을 맞을 수 있다. 모든 것을 포용할 듯 숨죽이며 일을 감당하는데 상대가 선을 넘게 되는 경우, 나는 감정을 주체하지 못하고 분노를 토해내던 때가 있었다.

우리 마음에 가끔 베짱이를 초대하면 어떨까. 넘치고 폭발하기 전에 베짱이에게 마음을 다독이는 연주를 부탁하거나 노래를 불러달라 하고 싶다.

갈리시아 지방

갈리시아 산지

스페인 북부, 갈리시아 지방은 평원이 사라지고 산지(山地)로 바뀐다. 메세타 평원의 햇볕과 달리 하루의 날씨가 시시각각 변한다.

우리나라 산야의 풍경과 비슷하다. 높고 낮은 산들이 겹겹이 둘러있다. 산과 언덕 사이로 구불거리는 카미노가 이어진다. 경사가 완만한 산지는 초지와 목장으로 조성되어 그 위로 방목된 소들이 노니는 광경을 볼 수 있다.

소들은 움직이지 않은 채 서서 풀을 뜯거나 앉아서 되새김질을 한다. 얼기설기 엮은 철조망 근처를 지나는 순례자는 소의 눈빛과 마주하기도 한다. 소는 큼직한 눈망울을 반짝이며 세상 걱정 하나 없다는 표정을 짓고 있다. 푸른 초장에서 소가 마음껏 풀을 뜯는 풍경은 평화롭기 그지없다. 갈리시아 지방에서는 방목하는 소의 목에 작은 종을 달아 놓는다.

카스티야 이 레온과 갈리시아의 경계석

우두머리 소의 목에 걸린 작은 종에서는 움직일 때마다 뎅그렁 뎅그렁 하는 소리가 메아리친다.

갈리시아의 마을 안길을 지나다 보면 반갑지 않은 무더기들을 만난다. 마을 길을 따라 초지로 이동하는 소에게 전용 화장실이 있을 리 없다. 소들은 태평하게 걷다가 마음 내키는 대로 길바닥 위에 싸갈기는 것이다. 그러니 길 위에는 소똥 무더기들이 줄지어 폼을 잡고 지뢰처럼 깔려 있다. 초식동물이라 냄새가 독해 소똥을 밟지 않기 위해 폴짝거리며 걸을 때도 있다. 더구나 비라도 내리면 흘러내리는 소똥의 파편들을 마주하게 된다. 재수 없어 무거운 배낭을 둘러멘 채 철퍼덕 미끄러지기라도 한다면, 상상에서라도 그런 희극과 비극이 교차하는 장면은 절대 발생하지 말아야 한다. 그러나 실제 인생에서 희비극은 누군가에겐 또 언젠가는 충분히 일어날 수 있는 것이다.

인기척이 없는 산동네를 지나며 소똥 외에도 큰 개들의 위협도 조심해야 한다. 순례길에서 마주치는 개들은 대체로 순한 편이긴 하지만 송아지만큼 덩치가 큰 녀석들이 주둥이를 부르르 떨며 이빨을 드러내고 으르렁거린다. 이때는 서둘러 피해가거나 길을 돌아갈 수밖에 없다. 만일의 경우엔 스틱이 순례자를 보호해주는 도구가 될 수 있다.

산티아고 데 콤포스텔라까지 프랑스 길에서 가장 힘든 구간은 생장에서 출발하여 피레네 산맥을 넘는 경우를 첫손가락에 꼽는다. 그에 못지않은 구간이 '비야프랑카 델 비에르소'에서 출발해 '오 세브레이로'로 오르는 구간이다. 아침 일찍 출발해 거의 30킬로미터에 이르는 장거리 구간이다. 오르막길의 경사가 갈수록 급해진다.

오 세브레이로에 올라가는 날, 새벽부터 보슬비가 내렸다. 판초를 쓰고 맞바람을 맞으며 걷는다. 끈적한 습기가 판초 속으로 파고든다. 안경에 김이 서려 앞이 흐릿해 잘 보이지 않는다. 몸은 땀에 젖어 덥고 습습하다. 고도가 높아질수록 찬바람은 거세지는데 체온을 유지하기 위해서는 계속 걷는 도리밖에 없다. 이따금 나타나는 산지 마을에는 순례자가 쉴 만한 바르가 보이지 않는다. 있더라도 문을 열지 않았다. 순례자들이 몰려드는 시기가 되어야 마을의 바르도 문을 열고 손님을 맞을 것이다.

앉아서 쉴 만한 장소를 찾기 어렵다. 체념하고 걷는다. 숨이 찬다. 산

동네의 농가, 처마 아래 서서 배낭을 벽에 기댄 채 숨을 고른다. 처맛골에서 방울방울 떨어지는 빗물만 바라본다. 한 달 가까이 걷는 일에 적응이 되었다지만 계속 이어지는 오르막길, 오늘같이 비라도 내리는 날엔 배낭이 훨씬 무거워지는 느낌이다.

산길은 계속 걸어도 목적지와의 거리가 좁혀지지 않는 느낌이다. 고도가 높아지고 아래쪽을 바라보면 운무가 가득 낀 산자락이 드러난다. 먹구름들이 저 아래 흘러가고 있다. 지리산 성삼재에서 저 멀리 구례의 전경이 내려보이는 것처럼 광대한 산지의 풍광이 눈에 들어온다.

신굽이를 돌자 사방이 한눈에 들어오는 선방 포인트가 있다. 숨을 놀리며 카메라를 누른다. 저 아래 남미에서 왔다는 여인이 혼자 뒤따라오고 있다. 비도 그치는 듯해 판초우의를 벗는다. 판초 속에서 달아올랐던 몸이 훅 불어오는 바람에 시원해진다.

남미 여인이 전망 포인트에 도착했다. 미소를 지으며 사진을 찍어달라고 부탁한다. 장쾌한 구름 아래로 펼쳐진 산을 배경으로 사진을 찍는다. “부엔 카미노” 인사를 나누고 그녀가 먼저 출발한다. 나는 멀리 안개처럼 아스라이 보이는 시가지의 윤곽을 살펴본다. 사흘 전 묵었던 폰페라다가 아닐까. 저기서부터 걸어 이 높은 산지까지 다다랐구나라는 생각에 마음이 부풀어오른다.

오 세브레이로

오 세브레이로의 알베르게에 먼저 도착한 두준에게서 카톡이 왔다. 다행히 침대는 넉넉히 남아 있단다. 마음 놓고 남은 길을 걷기만 하면 된다. 점차 하늘이 갠다. 먹구름이 흩어지듯 사라지고 흰 구름 사이로 햇빛이 비친다.

갈리시아 지방의 공립 알베르게 숙박료는 8유로로 통일되어 있다. 오 세브레이로의 알베르게 규모가 상당히 크다. 침대를 배정받고 룸에 들어서니 일층 침대가 나란히 놓여 있다. 지하층에 위치한 샤워실에는 순례자들이 많이 모여 있었다. 콤포스텔라에 가까워질수록 순례자들이 많아진다.

벽에 붙어 있는 버튼을 누르면 몇 초간 물이 나오는 샤워 꼭지. 갑자기 열탕처럼 뜨거운 물이 콸콸 쏟아지는데 온도를 조절할 수 있는 기능이 없다. 집을 나와 이리 뜨거운 물벼락을 맞기는 처음이다. 다른 이들 역시 김이 모락모락 피어나는 칸마다 비명을 지르듯 핫! 핫! 외치며 수온을 조절하는 방법을 찾는다. 피부가 델 듯해도 참고 씻는 수밖에 없다. 뜨거운 물에 몸만 살짝살짝 갖다 대며 헹구는 정도. 문이 없는 개방형 샤워 칸마다 너 나 할 것 없이 나지막이 아우성치며 샤워를 한다. 딱 화상 입기 직전의 열탕이다.

밖으로 나와 수건으로 물기를 닦고 있으니 프랑스인 디에고가 들어온다. 오늘은 내가 30분 먼저 도착한 모양이다. 흐르는 물을 닦으며 "베리 베리 핫 워터, 비 케어풀~"이라 말해주었다. 디에고는 자신있다는 미소를 띠며 샤워 칸으로 들어갔다. 이내 "와우~ 와오~" 늑대의 울음처럼 낮게 소리를 지른다. 속으로 가벼운 웃음이 나오려는 것을 참고 방으로 올라갔다.

성당의 기도문

오 세브레이로 마을을 둘러본다. 주말이라 그런지 가족 일행으로 보이는 관광객들이 어기저기 서닐고 있다. 이젠 사람들의 옷차림을 보면 순례자와 관광객을 구분할 수 있다.

산투아리오 데 세브레이로라는 이름의 성당 한쪽에 흉상이 하나 세워져 있다. 이곳 성당에서 오랫동안 일했던 '삼페드로' 신부의 동상이라고 한다. 그는 산티아고 순례길의 상징인 노란 화살표를 처음으로 표시한 사람으로 알려져 있다. 차에다 노란 페인트통을 싣고 다니며 도시와 마을, 갈림길마다 순례자들이 길을 잃지 않도록 노란 화살표를 그렸다. 그가 유산으로 남긴 노란 화살표의 궤적을 따라 나도 길을 잃지 않고 이곳까지 걸어올 수 있었다.

저녁 6시에 미사가 있다. 아담한 크기의 예배당에 사람들이 모였다. 부활절이 가까워질수록 성당에서 미사를 드리는 사람들이 많아진다. 그간 지나온 성당에서는 순례자들을 제외하면 백발이 성성한 노인들이 많았다. 이곳은 나들이 나온 관광객들이 적잖게 찾아온 것 같다. 그동안 순례자들이 주로 참석하는 미사에서는 국적, 인종, 성별에 관계없이 서

오 세브레이로 성당의 내부

로 반갑게 인사를 주고받는 모습에 익숙했다. 오 세브레이로 성당의 사람들은 대부분 스페인 사람들인 것 같다. 아무래도 혼자 서 있는 나와 선뜻 얼굴을 마주 보지 않으려 한다는 느낌이 들었다. 옆 사람과 인사를 나누는 전례 순서에 나와 멀찍이 떨어져 앉은 중년 남자는 나를 향해 고개를 돌리지도 않는다. 낯선 이방인을 꺼려하는 것일까.

미사가 끝나가는 순서에 신부는 성당에 모인 사람들에게 어디에서 왔는지 묻는다. 프랑스, 이탈리아, 아일랜드, 칠레 등 여러 나라의 이름이 들린다. 스페인 사람들은 도시나 지역 이름을 부른다. 나는 망설이다가 신부가 "마지막으로 더 없습니까"라고 묻는 듯해서 손을 들고 "꼬레아"라고 외쳤다. 좌중에서 사람들의 웃음소리가 흘러나왔다. 나는 그들이 왜 웃는지는 모른다. 저 극동의 꼬레아에서 온 허름한 옷차림의 중년 사내를 그들은 어떻게 보고 있을까.

신부는 사람들에게 전부 일어나라 하더니 성당 안을 빙 둘러서 원형으로 서게 했다. 나도 그 속에 섞여들었다. 사람들은 성당의 벽을 따라 둥글게 줄을 만들었다. 조용히 자리가 정리되자 갑자기 신부가 나를 바라보더니 손짓을 하며 앞으로 나오라고 한다. 잠시 어리둥절해 있다가 천천히 나아간다. 신부님은 제단 위에 놓인 파일철 하나를 가리켰다. 여러 나라 언어로 기록된 "순례자를 위한 축복" 기도문이다. 신부의 표정을 보니 한국어로 된 페이지를 읽으라고 한다. 신부는 첫 번째로 읽는 나를 위해 한국어 기도문을 이미 펼쳐놓았다. 나는 부드럽고 천천히 읽으려 했다. 나지막하게 기도문을 읽으려 하는데, 막상 마이크 앞에 서자 떨리기 시작되더니 가슴이 진정되지 않는다. 말이 나오지 않고 눈물이 핑그르르 돌면서 어찌할 바를 모른 채 그대로 서 있었다. 내가 왜 꼬레아라고 말을 꺼내 간단한 기도문 하나 못 읽고 많은 사람들 앞에 나와서 바보처럼 서 있을까.

사람들은 나를 집중해서 보고 있는데 기도문을 빨리 읽고 내려가려는데 눈물이 나기만 한다. 한참 후에야 진정이 되었다. 띄엄띄엄 읽기 시작했는데 나도 모르게 울먹이는 소리가 나온다. 유창하게 시 낭송하듯이 멋지게 읽으려고 했는데, 어찌할 수 없는 마음이었다.

〈순례자를 위한 축복 기도〉

사랑이 당신 여정에 희망의 빛이 되게 하며

평화가 당신 마음에 가득하소서

선함이 인생의 길잡이가 되고

당신의 믿음이 삶의 신비에서 당신을 굳세게 하소서

신이 당신의 목표에 도달하는 때에,

사랑이 당신을 영원히 감싸게 하소서

행복하세요

그리고 다른 사람들도 행복하게 하세요.

내 차례가 끝나자 각 나라별로 기도문 읽기가 이어진다. 프랑스에서, 독일과 아일랜드에서, 남미에서 온 순례자들이 차례로 자기 나라 말로 된 기도문을 읽는다. 순서가 끝나자 신부님은 주머니를 들고 한 바퀴 돌며 모인 사람들의 손바닥에 무언가 놓아준다. 콩알만 한 검은 돌에 노란 화살표가 그려진 기념품이다.

트리아카스텔라

이른 아침 숲길을 혼자 걷는다. 햇빛이 숲속으로 스며든다. 나무 줄기와 가지 사이사이로 파고들어 그림자를 만든다. 황홀한 느낌이다. 빛의 신비. 우리 마음에 이런 빛이 존재하면 얼마나 좋을까. 숲속으로 비춰드는 아침 햇살, 빛의 줄기를 응시한다. 고요한 세상에서 빛의 세례를 받으면 모든 것에 감사하는 마음, 그리고 잔잔하게 번져오는 기쁨을 누릴 수 있다.

트리아카스텔라의 알베르게 앞은 널찍한 잔디 공원이다. 여태까지 경험한 알베르게와 달리 너른 초지 위에 세워져 있다. 야외에 빨래를 널고 풀밭에 앉아 쉰다. 마음이 평안해진다. 너른 풀밭을 배경으로 자리 잡은 알베르게가 평화롭다. 주변에는 시냇물도 흐른다. 두준과 나는 알베르게 건너편에 자리 잡은 식당에서 저녁을 먹었다.

밤이 되자 달이 떴다. 순례자들이 잠드는 오늘 밤에 저 달은 천천히 자신의 길을 갈 것이다. 서쪽에 있는 대서양으로, 그리고 땅끝을 향해 갈 것이다. 저 달이 향하는 곳이 내가 가고자 하는 방향이리라. 그동안 어둠이 내리고 밤이 되면 침낭 속에 들어가 잠들기 급했는데 이젠 마음의 평안을 찾는다. 몸도 나아졌다. 밤 10시가 되면 알베르게의 전등은 모두 꺼지고 출입문이 닫힌다. 일행이 있어 안에서 문을 열어주지 않으면 밖으로 나가기 어렵다.

저 달을 보는 시간, 한국은 7시간 빠르니 새벽이리라. 곤히 잠들어 있을 가족들. 보름달은 떠나온 집을 그리워하게 만드는 마법이 있는 모양이다. 달을 바라보면 그리움이 찾아온다. 문득 일본 하이쿠 한 편이 떠오른다.

> 달 밝은 밤에 가난한 마을을 지나갔다

요사 부손의 하이쿠는 짧지만 깊은 풍경을 담고 있다. 시의 화자는 나그네였을 것이다. 나그네는 하룻밤 묵어갈 곳을 찾고 마침내 인가가 나타나는 작은 마을을 만났다. 그러나 달빛에 비친 마을의 고즈넉한 풍경은 빈한한 분위기를 풍긴다. 가난한 집에 손님이 들면 대접할 것도 없어 서로 멋쩍기 마련이다. 나그네는 이 가난한 마을에서 하룻밤 신세지기 어렵겠다고 결정한다. 그리곤 조용히 마을을 비켜 지나간다. 하룻밤 머무를 곳을 언제 만날지 모른 채.

나는 하루라도 빨리 집에 가고 싶다. 시골집 마당에는 이미 풀들이 많이 자랐을 것이다. 풀을 뽑는 일이 노동이라기보다는 시간을 두고 천천히 즐기는 놀이라는 생각을 해본다. 봄날, 마당의 텃밭을 정리해서 모종과 씨앗을 파종하는 일은 상상만 해도 기분이 좋아진다. 집에서는 이런 소소한 즐거움들이 나를 기다리고 있을 것이다. 작은 텃밭에서 생명을 키우고 가꾸는 것만큼 행복한 일이 있을까 싶다. 스페인의 순례길을 걸으며 가장 부러웠던 때는 따뜻한 봄볕을 받으며 텃밭을 일구고 정원의 나무와 꽃을 관리하는 사람들을 볼 때였다.

부드럽게 흐르는 시간

사모스 수도원 가는 길

한 달여 카미노를 걸었다. 4월 3일, 대지의 봄기운이 마른 볼을 스치며 지난다. 산티아고 데 콤포스텔라에 가까워진다는 기대감이 커진다. 날마다 걷는 일에 익숙해졌지만 마음 깊은 곳에서 뭔지 모를 아쉬움이 자라기 시작한다. 머지않아 목적지에 닿아 더 이상 걸을 수 없게 되면 몹시 서운할 것 같은 기분이다.

다음 루트는 사리아(Sarria)로 가는 길이다. 사리아에서 목적지인 산티아고 데 콤포스텔라까지는 약 120㎞ 정도 떨어져 있다. 사리아는 카미노를 걷기 위해 단체로 오는 사람들이 순례를 시작하는 도시로 유명하다. 콤포스텔라의 순례자 사무소에서 순례자 인증서를 받으려면 100㎞ 이상 카미노를 걸었다는 크레덴시알을 보여주면 된다. 그런 까닭에 사리아는 프랑스 길을 걷는 전체 순례자의 절반 정도가 출발하는 도시

숲길에서 만나는 여울

가 되었다.

일정대로 걷는다면 4월 8일 토요일, 올해 부활절을 하루 앞둔 날에 나는 콤포스텔라에 들어가게 될 것이다. 한국에서 출발하기 전에 부활절을 피하기 위해 순례 계획을 짰었다. 단체 순례자들이 늘어나는 사리아부터는 숙소를 구하기 쉽지 않다는 정보를 〈까친연〉 카페에서 얻었고 더구나 부활절을 앞둔 시기에는 스페인 사람들, 학생들과 단체의 순례가 훨씬 늘어난다고 했다. 가늠해 보니 결국 부활절 바로 전날인 토요일에 콤포스텔라에 들어가게 된 것이다. 내가 작정했던 예정표나 계획에 따라 세상 일이 돌아가지 않는다는 걸 새삼 깨닫는다. 당초의 구상과 달리 부활절에 맞추어 목적지인 산티아고 데 콤포스텔라에 도착하도록 한 데에는 눈에는 보이지 않는 나를 인도해주시는 어떤 손길이 있었던 것 같다.

트리아카스텔라 읍내를 벗어나 외곽으로 나가면 사리아로 가는 두 갈래의 루트를 만난다. 첫 번째는 자동차가 다니는 도로를 따라 사리아를 향해 곧장 걸어가는 지름길이고, 다른 하나는 수도원 마을을 거쳐 돌아가는 숲길이다. 거리로는 약 5km 정도 차이가 난다. 사모스라는 마을엔 유명한 수도원이 있다. 나는 어떤 길을 택할 것인가 고민하다 사리아에 늦게 도착해 혹 알베르게 숙소를 구할 수 없더라도 사모스를 경유하기로 작정했다. 만약 사리아에서 숙소를 구하지 못하면 알베르게 앞에서 노숙이라도 할 마음이었다. 지난번 레온에서 산 마르틴 델 카미노까지 차들이 쌩쌩 달리던 대로변 옆을 걸었던 경험으로 비춰 볼 때 도로를 따라 걷는 지름길보다는 사모스 수도원을 거치는 길이 훨씬 아름답고 조용할 것이라 기대했다.

수도원으로 가는 루트는 예상대로 고요한 숲길이었다. 그동안 메세타 평원에서 태양에 그을렸던 순례자의 시름을 씻어주듯 숲 사이로 나 있는 카미노는 천천히 걷기에 편안했고 나무와 그늘이 쉬지 않고 드리워져 나를 감싸주었다. 오르락내리락 하는 숲길은 경사가 심하지 않아 트레킹하기에 더없이 좋은 코스였다. 계곡 사이로 널찍이 펼쳐진 목초지 옆에는 여울이 흐른다. 아침 햇빛을 받아 반짝이며 흐르는 여울. 출렁이듯 흐르는 여울물은 나무 사이로 비쳐드는 햇빛과 어우러져 거룩한 분위기를 자아낸다. 수도원을 경유해서 걷는 이 숲길 루트는 그야말로 청정한 위로를 안겨주는 자연의 품이다. 나는 이따금씩 두 팔을 넓게 벌리고 자연의 온 숨결을 들이마시고 내쉬었다. 들숨과 날숨을 천천히 교환하며 지금껏 순례길을 무사히 지켜주신 거룩하신 분을 떠올리고 찬양했다.

두준 청년은 아침에 따로 출발했는데 그는 지름길 루트로 가고 있었다. 이 멋진 루트를 함께 가지 못해 아쉬웠지만, 나는 사모스 수도원이라는 곳을 꼭 보고 싶었다. 넓게 펼쳐진 풀밭에서 얌전히 풀을 뜯기도 하고 혹은 앉아서 되새김질하며 한껏 여유로운 소들의 모습. 이런 목가적인 풍경은 목표를 향해 쉬지 않고 걷는 순례자의 지친 심신을 회복시켜준다. 때때로 쳇바퀴 돌 듯 바삐 살아왔던 과거의 일상, 특히 직장 생활 할 때의 영상들이 스쳐 지나간다.

수도원에 가까워졌다. 수도원의 영지임을 표시하는 낡은 나무 표지판이 보인다. 숲길에서 야트막한 돌담이 시작되더니 점차 높아지며 범접하기 어려운 구역임을 느끼게 한다. 세속과는 구별되는 곳이다. 기대하는 마음으로 천천히 내리막길을 걷는다. 돌담이 다시 낮아지면서 멀리 회색빛 지붕의 수도원 건물이 보인다.

가톨릭이 융성했던 과거에 수도자들과 방문객으로 붐볐을 건물. 수도자들이 자신들의 영성을 지켜가며 하나님을 찾는 공동체로서 수행의 삶을 살아내던 곳이다. 기독교 초기, 수도원이 만들어지기 전에는 혼자 사막이나 광야에서 수행하는 수도자들이 있었다. 그러다 뜻을 같이하는 수도자들이 모여 함께 공동체로서의 삶을 영위하기 시작했다. 공동체로

사모스 수도원의 모습

모인 수도자들은 자신들의 삶과 수행을 잘 지켜나가기 위해 자체적으로 규약을 만들었다. 유럽 수도원의 원형이라 할 수 있는 베네딕토 수도원은 청빈(淸貧)을 중요하게 여겼다. 그러나 종교 또한 융성하면 권력을 얻게 되고 집중된 권력은 자연스레 부패하기 마련이다. 수도원의 새로운 개혁을 시도하는 반성과 성찰이 시차를 두고 계속 일어났다.

사모스 수도원을 향해 걸어가는 길에서 스페인 땅에 스며드는 봄의 향취를 맡을 수 있었다. 산골 지역이라 아침저녁으로는 쌀쌀하지만 다가오는 봄기운을 막을 수 있는 겨울 장사는 없다. 여울이 흐르는 옆으로 나뭇가지마다 연초록빛 버들강아지가 물오른 기운을 자아내고 있다. 봄은 여리게 시작한다. 봄을 폐 깊숙이 들이마시고 다시 봄을 내뱉는다. 수도원 내부를 혹시 구경할 수 있을까 싶어 담장을 따라 돌아간다. 한참을 걸어 수도원의 입구로 보이는 장소를 찾을 수 있었다. 순례자나 다른 방문객들은 보이지 않는다. 안내문이 붙어 있다. 수도원을 관람할 수 있는 시간이 적혀 있는데 1시간은 족히 기다려야 한다. 기다렸다가 수도원 내부를 구경하고 갈 것인지 고민이 된다.

관람 시간까지 계산하면 2시간은 걸릴 터인데 수도원에서 나올 때면 두준은 이미 사리아에 도착하고도 남을 시간이다. 결국 아침에 따로 출발한 두준보다 3시간 늦게 사리아에 도착하게 되는데 공립 알베르게에 침대가 없을까 봐 걱정이 되었다. 당초 결심대로 안 되면 노숙이라도 하자라는 마음으로 수도원 개방 시간을 기다리기로 했다. 돌계단에 앉아 수도원 담장과 건물의 외곽을 물끄러미 바라본다. 세월의 이끼들이 돋아 있다. 푸른 이끼들 사이에서 오래된 유적처럼 조그맣게 뻗은 작은 풀잎과 풀꽃들. 적적한 풍경 속에서 흘러가는 시냇물처럼 그렇게 내 시간들을 과거로 흘려보낸다.

이윽고 수도원을 관람하려는 순례자들이 하나둘 나타난다. 입장 티켓을 끊고 예닐곱의 순례자들이 기다리는데 드디어 수도원의 문이 열렸다. 검은 수도복을 뒤로 길게 늘어뜨린 젊은 수사가 엷은 미소를 띤 채 순례자들과 눈을 맞춘다. 그는 머리카락을 기르지 않았다. 잡티 없는 흰 얼굴에 꾹 다문 입술, 그러나 표정은 온화하여 수도원의 수사라는 걸 짐작케 한다. 그의 안내를 받으며 육중한 철문을 지나 수도원 내부로 들어갔다.

수도원의 중정이 보인다. 그는 중간중간 멈춰서며 설명을 한다. 나는 휴대폰의 번역앱을 돌려 설명을 들어보려 하지만 단편적으로 귀에 들어

수도원 내부 성당에서

오는 건 몇 개의 단어들뿐이다. 말을 알아듣지 못해도 그의 표정과 주변을 둘러보며 내용을 추측하고 고개를 끄덕인다. 수도원의 역사와 내력을 말하고 있겠구나 싶기도 하고 이곳은 이런저런 일들을 하는 곳이라는 설명을 한다. 회랑을 따라 걸었다. 회랑의 벽면에는 수도사들의 삶과 전해지는 이야기들이 벽화로 남아 있다. 안내하는 수도사 외에 다른 수도사들은 보이지 않고 그는 묵묵히 앞서서 걷는다. 적막한 수도원의 내부. 이층에도 회랑을 따라 많은 방들이 늘어서 있다. 도서관이 있고 기도실이 있고 세면실과 화장실도 있다. 화장실은 깨끗하게 관리되고 있었지만 냄새가 심했다. 환풍이 잘 안 되어 있는 구조인가 싶다. 숨을 참으며 소변을 보는데 문득 선암사의 해우소가 떠올랐다.

수도원 안에는 부속 건물인 성당이 있다. 매일 미사 드리는 시간이 있기 때문에 공동체는 함께 모여 절대자에게 순종하는 예배를 드린다. 성당 안에는 늘 촛불이 켜져 있다. 나는 작은 금액을 기부하고 작은 양초 하나를 켠다.

맥주 한 잔

두준에게서 카톡이 왔다. 다행히 공립 알베르게에 자리가 남아 있다는 소식이다. 사리아에 도착한 후에 알게 되었다. 공립 알베르게는 선착순으로 침대 배정을 한다. 예약을 원칙적으로 받지 않는다. 단체 순례자들의 경우엔 그들의 일정이나 숙박에 착오가 있으면 문제가 발생하므로 보통 호텔이나 시설이 나은 사립 알베르게를 예약한다. 사리아에는 호텔과 호스텔, 사립 알베르게 등 카미노를 걷는 사람들의 선호에 따라 선택할 수 있는 다양한 숙소가 존재한다. 그동안 노심초사했던 사리아에서 콤포스텔라까지의 숙박에 대한 고민은 자연스레 해결되었다. 공립 알베르게는 순례자를 선착순으로 받아들이므로 지나치게 염려하지 않아도 된다는 것, 그러나 늦으면 침대가 꽉 차 자리가 없는 경우도 생긴다. 공립은 오후 3~4시 전후로 만실이 되곤 한다. 이보다 늦게 도착하는 사람들은 다른 숙소를 구하기 위해 발길을 돌려야 했다.

사리아는 순례자들을 위한 도시이다. 먹거리와 다양한 용품들을 구입하기 쉽게 마트가 여럿 있다. 도시 구경을 나선다. 다음 날 아침 일찍 알베르게를 출발하기 때문에 도시를 빠져나가는 루트도 눈여겨본다.

스페인의 바르 앞에는 항상 야외 테이블과 의자가 놓여 있다. 사람들은 밖에 설치된 테이블에 앉아 맥주나 와인 등을 올려놓고 홀짝거린다. 담소를 나누고 한참 만에 한 모금씩 들이켜는 모습, 담배를 태우든 멍 때리고 앉아 있든 시간을 마음껏 보내는 여유가 느껴진다. 바르에서 유유자적하게 즐기는 스페인 사람들을 보며 나는 과거에 얼마나 시간에 쫓기는 삶을 살아왔던가 돌아보게 되었다. 밥을 먹어도 후다닥 먹고 술을 마셔도 원샷 하고 외치던 시절이 있었다. 코로나 시기가 지나고 지금은 직장에서 밥 먹고 술 먹는 회식 문화가 그게 바뀌었다는 이야길 듣는다.

글라스에 담긴 투명한 황금빛 맥주가 나를 부른다. 거품이 흘러내리는 맥주 한 잔을 들고 빈 테이블에 혼자 앉는다. 어스름이 내려앉는 스페인의 한적한 골목. 술을 잘 못하는 체질이라 두 모금만 마시면 얼굴이 붉어진다. 골목 풍경을 무심히 지켜보며 지나는 주민들과 순례자들을 바라본다. 사람마다 어떤 꿈을 가지고 이곳까지 왔을까. 또 어떤 희망을 바라며 살아갈까.

카미노가 무엇이기에 전 세계의 수많은 사람들이 이 길을 걸으려 나선 것일까. 나 또한 한 달을 걷고 있지만 아직 모른다. 하루하루 걷기에 바빴다. 무언가 있지 않을까 하는 막연한 심경만 그대로 남아 있다. 산티아고에 입성하면 무언가 깨닫지 않을까 하는 기대를 가지고 걸어왔다. 늘 내 믿음은 갈대처럼 흔들렸기에, 예수님의 수제자 베드로처럼(베드로의 뜻은 '반석') 요동치지 않는 믿음에 대한 확신을 얻을 수 있기를 바랐다.

나는 자유다

포르토마린으로 가는 날은 기막히게 좋은 날씨였다. 그동안 걸었던 날 중에 가장 멋진 것 같다. 햇볕은 강하면서도 부드럽게 와 닿았다. 발걸음은 가볍고 마치 공원으로 산책을 나온 듯 통통 튀는 기분으로 걸었다. 콤포스텔라가 100㎞ 남은 지점에 표지석이 서 있었다. 그곳에서 기념사진을 찍고 이후에 두 자리 숫자로 떨어지는 이정표를 볼 때마다 반갑다기보다는 아쉬움이 더 커진다. 걷는 일에 적응되다 보니 이젠 즐기게 되었고 언제까지나 걷고 싶다는 생각도 드는 것이다.

숲길을 돌아 나오니 눈앞에 너른 강이 펼쳐져 있다. 포르토마린 읍내로 들어가기 위해서는 강 위에 길게 설치된 다리를 건너야 한다. 한강처럼 강폭도 넓고 수량도 넉넉하게 흐르고 있다. 다리를 천천히 건넜다.

프로토마린 알베르게 주변은 잔디밭이었다. 세탁기에 빨래를 넣고 돌렸다. 바람은 선선하게 불어오는데 빨랫줄이 부족하다. 남녀 가리지 않고 거리낌 없이 속옷들도 여기저기 널어놓는데 빨랫줄이 부족하니 잔디 위에도 그냥 놓아둔다. 나는 빈대나 벌레가 옮을까 봐 겁이 났지만 그들은 아무렇지도 않게 널어놓고 큰 수건이나 깔판을 잔디 위에 깔고 일광욕을 한다. 드러누워 대놓고 등을 햇볕에 태우고 있는 여성들을 보니 눈길을 어디에 두어야 할지 난감했다. 밖으로 나와 포르토마린 읍내를 돌아보았다. 강변 쪽으로 나가니 널찍한 잔디 공원이 조성되어 있다. 잔디밭 위로 듬성듬성 선 나무들 사이로 햇빛은 폭포처럼 쏟아졌다. 강변에서 불어오는 산들바람이 시원하게 뺨을 스쳐 갔다. 순례자들이나

관광객들은 푸른 잔디 위에 띄엄띄엄 눕거나 앉아 자신만의 시간을 즐기고 있다.

한쪽 벽면에 'Why are U walking?'이 쓰여 있고 장난기 어린 응답이 적혀 있다. 'No bicycle' 또는 'My Girlfriend wants…'라는. 도대체 나는 왜 여기까지 걸어왔을까? 첫 번째 버킷리스트였고 순례길을 걸으며 내 신앙의 근원에 대해 그리고 흔들리는 믿음이 굳어졌으면 좋겠다는 바람들이… 기억났다. 걷는 생활에 익숙해지면서 자신에 대한 근본적인 초점이 흐려진 것 같다. 그래도 좋다. 카미노에선 지금 현재가 중요하다. 지나간 시간이나 아직 오지 않은 며칠 뒤의 일에 대해선 걱정하지 않는다. 현재에 충실하며 걷고 즐기면 된다.

나는 잔디밭에 누웠다. 머리 뒤로 팔을 돌려 손깍지를 끼고 편하게 드러누웠다. 온몸으로 햇볕을 받았다. 이 순간은 벌레든 개똥이든 무엇이

든 상관하지 말자는 생각이 들었다. 오른쪽 발의 무릎을 세우고 다른 발을 무릎 위에 겹쳐 올리며 세상에서 가장 편한 자세를 취했다. 누구도 의식하지 않고 혼자만 존재하는 것처럼 그 '순간'의 우주 속으로 빠져들어 갔다. 나는 이 지구 위에서 혼자 살아가는, 말 그대로 자유로운 존재다. 한국의 가족, 지인, 여러 가지 문제들, 모든 기억들이 햇볕에 증발되고 있었다. 오직 이 순간, 만년설처럼 떠나지 않았던 모든 압박과 걱정거리들이 강렬한 빛에 녹아내린다. 시원한 폭포가 되고 힘찬 물살이 되어 내 과거를 쓸고 내려간다. 못내 아쉬웠던, 이루지 못해 힘겨워했던 모든 것들을 내려놓는 기분, 바로 해방감이었다.

그 순간만큼은 순례길 걷는다는 것 자체도 잊어버렸다. 좋아하는 음악을 들었다. 조지 윈스턴의 「캐논 변주곡」을 듣고 음악이 그냥 흘러가도록 내버려두었다. 가수 임영웅의 「사랑은 왜 도망가」가 들렸다. 곁에 사람들이 있든지 없든지 아무 상관이 없다. 당연히 그들도 마찬가지다. 내가 해를 끼치지 않는다면 내 자유에 대해 무어라 하지 않을 것이다.

나는 자유로웠다. 모든 속박과 구속과 부담과 짐에서 놓여, 포르토마린의 한 뼘 잔디밭 위에 누워 있다. 신비로운 감정에 사로잡혀 근 한 시간 동안 잔디밭에 누워 뒹굴거리며 음악을 듣고 햇볕을 즐겼다. 콧속으로 들어오는 풀 내음이 좋았다. 표현할 수 없는 희열이 온몸을 휘감았다. 천국에 가면 혹시 이런 기분이 아닐까, 나는 무엇이든 할 수 있다는 자유로운 존재라는 생각. 몇 날 며칠이고 이곳 포르토마린의 잔디 광장에서 텅 비어 있는 것 같으면서 희열로 충만한 마음을 계속 즐기고 싶었다. 한 달 내내 걸었던 길, 이젠 콤포스텔라도 멀지 않다. 그동안의 피로

포르토마린 강변에서

를 싹 풀어주는 듯한 그 눈부신 햇빛이 폭풍처럼 들이쳤던 오후.

문득 어딘가에서 읽었던 문장이 떠올랐다. '진짜 카미노는 산티아고에 도착해서 기도를 마치고 집으로 돌아가 현관문을 열었을 때 시작된다'라는. 그리고 나는 연달아 외쳤다.

"나는 자유다!"

응원의 힘

부활절을 앞두고 카미노엔 스페인의 청년과 학생들로 시끌벅적하다. 함께 웃고 떠들며 걷는 건강한 청춘이 부럽다는 생각도 들었다. 유아차를 끌고 밀며 가족들이 함께 움직이는 그룹도 있다. 경사가 있거나 돌부리가 많은 숲길에서 어떻게 걸을까. 그들을 지켜보면 유아차를 앞뒤로 붙잡고 들어 올려 장애물을 넘고 오르막에서는 교대로 밀고 올라간다.

햇빛이 눈부신 오전, 아이와 함께 걷는 젊은 엄마를 보았다. 천천히 따라가며 지켜보는데 아이는 지쳤는지 엄마 손을 잡아대며 칭얼댄다. 엄마도 힘들겠다 싶은데 아이는 작은 지팡이를 짚으며 한 걸음 한 걸음씩 더디게 오르막을 걷는다. 엄마는 아이의 손을 잡으며 조금만 참으면 된다는 듯이 달랜다. 세상 어느 곳에서든 엄마와 칭얼대는 아이가 걷는 모양은 비슷하다. 뒤에서 지켜보며 속으로 힘을 내라고 응원했지만 점차 햇볕이 따가워지고 아이의 칭얼거림에 엄마가 지쳐가는 기색이 뚜렷했다.

3월초부터 카미노를 걸었던 내겐 이 정도의 길은 가벼운 트레킹처럼 생각되는데 부활절에 맞추어 며칠간 걸어야 하는 모자에게는 쉽지 않을 것이다. 아이가 엄마의 손을 잡고 지쳐 쪼그려 앉는 순간, 나는 그 옆을 스쳐 지나가며 "부엔 카미노"라고 크게 외쳐주었다. 아이 엄마가 얼굴에 미소를 지으며 나를 바라보았다. 나 또한 미소를 지으며 아이 얼굴을 보았다. 칭얼대는 아이의 눈이 크게 들어왔다. 나는 스틱을 겨드랑이에 끼고 두 손의 엄지손가락을 세운 채 아이를 향해 말했다. "You are great!"

아이 얼굴에 쑥스럽다는 표정이 묻어나더니 반짝 일어선다. 아이가 일어서자 젊은 엄마도 힘을 얻는 듯했다. 엄마와 아이는 함박 미소를 띠고 "부엔 카미노"로 화답해주었다. 그들이 어떤 느낌을 가졌을지 나는 잘 모른다. 이 순간에 'Great'라는 영어 단어가 어떻게 받아들여지는지 상관이 없다. 모자를 곧 지나쳐 앞의 산굽이를 돌면서 뒤를 돌아보며 다시 아이에게 손을 크게 흔들어 주었다.

노숙하는 순례자

'팔라스 데 레이'의 알베르게, 출발하기 전에 잠시 쉬고 있었다. 두준과 나는 오늘 페드로우소까지 가기로 하고 점심 때 바르에서 만나자며 얘기하고 있었다. 두 사람 모두 내일이면 콤포스텔라에 들어가게 되어 마음이 후련하면서도 한편으론 아쉬운 심정이 교차한다.

그때 문이 열리며 큼직한 배낭을 우리 옆에 내려놓는 노인이 보인다. "굿모닝" 인사하며 살펴보니 머리는 백발에 턱수염도 오랫동안 깎지 않아 양털처럼 수북이 자랐다. 옷도 낡고 바랜 데다 발에 신은 샌들의 끈도 닳아진 상태였다. 한눈에 노숙하면서 걷는 사람이란 걸 알 수 있었다. 그는 큼직한 눈을 굴리며 저음으로 인사말을 건네곤 어디서 왔는지 묻는다. "꼬레아"라는 답변에 그는 웃으며 자신은 벨기에서 왔다고 한다.

"벨기에?" 반문하듯 묻자 그는 크게 고개를 끄덕이며 작년 10월, 벨기에의 집에서 출발했다고 덧붙인다. 맙소사, 6개월 전에 집에서 나와 여기까지 걸어왔단 말인가? 유럽 사람들 중에는 순례를 자기 집 문 앞에서부터 시작한다는 얘길 들은 적이 있다. 이웃집 가듯 국경을 넘어가는 사람들이다. 벨기에 노인도 집을 나와 프랑스를 종단해서 여기까지 왔을 것이다. 더 멀리 돌아서 왔는지도 모른다. 그는 자기 배낭을 들어 보인다. 두준이 알아듣고 대화를 이어나간다. 15킬로그램이라며 은근히 자신의 배낭을 과시하는 노인은 팔뚝에 힘을 주어 근육을 자랑한다. 재미있는 노인네다. 두준과 내 배낭의 무게도 못지않을 건데 하면서 우리 배낭의 무게를 들어보라고 말한다. 벨기에 노인은 우리 둘의 배낭을 번갈아 들어보고는 엄지를 척 보인다. 그리곤 자기 배낭을 열더니 소중한 것을 보여준다는 듯이 손짓을 한다. 커피메이커였다. 이 양반 제정신인가, 배낭에 큰 커피메이커 하나 담아 두었으니 다른 물건이 들어갈 틈은 많지 않을 것이다. 노인은 자기가 좋아하는 커피를 마셔야 하기 때문에 집에서부터 메고 왔다는 것이다. 다른 건 몰라도 이 커피메이커만은 양보를 못 하겠다는 말이다.

별 사람을 다 만난다. 노인은 여기까지 오면서 주로 노숙하며 걸었다고 한다. 일주일에 한 번 정도 알베르게에 들러서 씻고 빨래를 한단다. 노인에게 가까이 가면 노숙자 냄새가 풍긴다.

나는 알베르게의 침대를 얻지 못하면 노숙이라도 하면서 걷겠다는 각오도 했었지만 지금껏 알베르게를 구하지 못했던 날은 없었다. 노숙 경험이 없는 나로서는 막상 그런 상황이 닥치면 비용이 들더라도 다른 숙소를 찾아가지 않았을까. 노인은 콤포스텔라에 도착하면 포르투갈 길로 향한다고 한다. 포르투갈의 리스본까지 걸어가서 다시 로마를 향할 수도 있다는 말을 덧붙인다. 평생 길을 떠돌아다니는 순례자가 될 인생이다. 그의 배낭 속에서 귀하게 잠자고 있는 커피메이커를 생각하면 한편 웃음이 나오기도 한다. 그게 뭐라고 보물처럼 등에 짊어지고 다닌다는 말인가.

카미노를 걸으며 텐트를 가지고 다니는 순례자를 본 적이 있다. 카미노 친구인 얀도 그랬다. 그는 몸집만큼이나 큰 배낭에 1인용 텐트를 가지고 다녔다. 쉼터나 이슬을 피할 만한 곳에서 텐트를 치고 잠을 자고 또 알베르게에서 숙박하기도 한다. 얀은 돈이 없어서 그런 것은 아니었다. 카리온 데 로스콘데스 입구에서 재회했을 때 얀은 이 마을에 큼직한 갈비 스테이크를 잘하는 곳이 있다면서 자기와 같이 가면 어떻겠냐며 권한 적이 있다. 코를 킁킁거리며 갈비 스테이크가 엄청 푸짐하게 생겼다는 제스처를 보여주었는데 나는 그 유혹을 참느라 상당히 힘들었다. 나는 알베르게로 가고 얀은 텐트에서 잤었다.

두준과 나는 벨기에 노인과 "부엔 카미노" 인사를 나누고 알베르게를 먼저 나왔다. 카미노에서 혹시 마주치게 된다면 점심이라도 사고 싶었는데 그 뒤로 만나지 못했다.

콤포스텔라에 도착하다

오비에도 광장

콤포스텔라로 들어가는 거리는 소란스러웠다. 대성당이 가까워지는 길과 골목마다 사람들로 넘쳐났다. 부활절 연휴를 맞아 가족과 친구들끼리 콤포스텔라로 여행 온 사람들이 대부분이다. 스페인에서는 성 목요일이라 부르는 날부터 일요일인 부활절까지 나흘간 연휴이다. 가게들도 쉰다. 이틀 전 아르수아에서 머무를 때 알베르게 주변의 마트가 모두 문을 닫아 먹거리를 사러 멀리까지 걸어야 했다.

오비에도 광장에는 사람들로 가득 찼다. 가벼운 트레킹 차림의 사람들이 대부분이다. 한 달 넘게 순례길을 걸은 듯한 사람들은 많이 보이지 않는다. 순례를 마친 사람들은 끼리끼리 모여 기념사진을 찍는다. 사진을 찍으며 환호성을 지르기도 한다. 신발을 벗고 배낭을 내려놓은 채 누워 있는 순례자들도 있다.

나와 두준도 기념사진을 찍는다. 광장에서 소희 씨를 만났다. 사리아의 공립 알베르게에서 처음 만나 인사를 나누고 그 뒤로 두세 번 마주쳤다. 바람처럼 날아다니는 사람이었다. 이런 여성도 있구나 싶을 정도로 쾌활해서 주변을 환하게 만드는 특기를 지녔다. 어제 콤포스텔라에 도착해 두준과 나를 기다렸다고 한다. 톨레도, 살라망카, 세비야 등 스페인의 도시 이름을 들먹이며 일주하겠다는 야심찬 계획을 늘어놓는다. 마치 적토마를 디고 징칭을 겨눈 채 앞으로 돌진하는 조자룡 같은 사람이다.

어쩌면 순례길 걷기보다 자유롭게 도시 여행을 하는 것이 더 복잡하고 어려운 일인지 모른다. 순례는 아침에 일어나 오후에 알베르게에 도착할 때까지 앞만 보고 걸으면 되는 일이다. 한 달 내내 계속되는 루틴은 육체적으로 힘들어도 그다지 어려운 일은 없었다. 무시아에서 순례를 완전히 마친 후 마드리드로 이동해 자유롭게 여행을 하고 싶은데 이 단독 여행이 더 어려울 것 같다. 시내를 다니면서 대중교통을 이용하고 또 관광지를 찾아다닐 때는 밥도 먹어야 하는데 복잡하고 머리를 써야 하는 일이 아닐까.

레온에서부터 자주 마치치던 외국인 그룹들을 만났다. 서로 반갑게

인사하고 악수하며 콤포스텔라 입성을 축하했다. 프랑스에서 온 디에고 역시 오비에도 광장에서 함께할 수 있었다. 산 마르틴 델 카미노의 알베르게에서 만난 뒤로 서너 번 같은 알베르게에서 마주친 순례자였다. 오비에도 광장에서 함께 어깨동무하며 사진을 찍게 되어 그동안 카미노의 추억을 마음에 담을 수 있었다.

광장에서 스티브를 보게 될 줄은 꿈에도 몰랐다. 레온에서 연박하며 두 번의 만찬을 준비해주고 나를 다시 걸을 수 있도록 격려해준 카우보이. 인파로 넘쳤지만 가까운 곳에서 사진을 찍던 스티브와 이내 알아볼 수 있었다. 반가운 마음에 우리는 껴안았다. 오늘 광장에 어떻게 도착했

스티브와 재회하다

는지 서로 물으며 마치 기적 같은 재회를 기뻐했다. 스티브를 다시 보게 되어 얼마나 다행인지 모른다. 함께 어깨를 대고 나란히 사진으로 남긴다. 스티브로 인해 카미노에서 평생 잊지 못할 추억을 가지게 되었다.

또 한 사람이 떠오른다. 독일에서 온 얀, 그를 여기 오비에도 광장에서 볼 수 있을까? 어제 콤포스텔라에 도착했다고 와츠업으로 사진을 보내왔었다. 카미노를 마치기 전에 꼭 한 번 보고 싶은 사람이다. 유머가 듬뿍 담긴 말투에 롤라의 아버지였던 미스터 그린 씨는 홀딱 반해 나를 마주칠 때마다 얀의 행적을 묻곤 했다.

오비에도 광장에서 기념사진을 찍은 후 순례자 사무소로 이동한다. 순례자 사무소로 향하는 길에도 사람들로 붐볐다. 부활절 전후로 단체 순례자들이 입성하기 때문에 내가 입장하는 시간에도 순례를 마친 사람들이 끊이지 않는다. 순례자 사무소 입구에서 큐알 코드를 읽어 접속한 후에 인적 사항을 등록하고 대기하다가 내 이름이 표시된 창구로 갔다.

창구 앞엔 봉사자들이 서서 순례자들이 제시하는 크레덴시알을 일일이 확인하면서 완주 인증서 발급을 도와주고 있었다. 순례자 여권을 내밀었다. 프랑스 생장에서 시작하여 이곳에 오기까지 매일 하루도 빠지지 않고 찍었던 세요. 중간에 건너뛴 적도 없고 오로지 걸어서 800㎞를 완주했다. 봉사자는 내 크레덴시알을 훑어보고 엄지손가락을 세워 추어주었다. 그때 내 입에선 "아임 온리 워킹, 온리 워킹 포 콤포스텔라"가 튀어나왔다. 그 순간 내 눈가에 눈물이 핑 돌았다.

촌스러운 신파의 감정은 보이고 싶지 않았는데 그냥 '워킹'이라고 말하는 순간에 눈시울이 뜨거워진 것이다. 오 세브레이로 성당에서 순례자 기도문을 읽지 못하고 눈물만 글썽였던 장면이 스쳐 지났다. 내 순례자 여권에는 다양한 모양의 세요가 찍혀 있다. 알베르게, 바르에서 찍어준 경우도 있고 성당에서 받은 세요도 있다. 빌바오의 구겐하임미술관에 갔을 때에도 안내 데스크에서 세요를 찍어달라고 부탁했었다. 매일 세요가 빠지지 않고 찍혀 있는 순례자 여권은 내가 산티아고 순례길을 온전히 완주했다는 상징이자 그 고통을 이기고 승리했다는 증거였다.

대성당, 성 야고보 사도의 유해

순례자 인증서를 받고 숙소로 이동했다. 두준 청년이 사전에 예약한 호스텔은 오비에도 광장에서 2킬로미터 정도 떨어진 위치에 있었다. 아무래도 중심지에선 숙박할 곳을 찾지 못한 것 같다. 관광객들이 많이 몰려 대성당과 가까운 인근 숙소들은 이미 만실이었던 모양이다. 30분을 걸어 숙소를 찾아갔다. 두준은 오늘로 순례길 걷는 일은 마치고 다른 여행을 계획하고 있다. 나는 유럽의 땅끝인 피스테라와 무시아까지 며칠간 더 걷기로 작정한 상태였다.

짐을 정리하고 한식당을 찾아 밥을 먹기로 했다. 막상 가 보니 문 여는 시간은 저녁 8시이다. 저녁 식사 때까지 콤포스텔라 대성당을 구경하기로 했다. 성당 내부에 안치되어 있다는 사도 야고보의 유해도 보고 싶었다. 대성당에서는 매일 정오에 순례자를 위한 미사가 열린다. 성당 내부의 천장에서 긴 줄로 연결된 대향로를 피우는 의식이 진행된다. 이미 정오 미사는 지나버렸다. 부활절 전야인 만큼 대성당에서 미사가 있다면 참여하고 싶었다. 어디를 가도 인파가 넘친다. 사람들을 헤치고 나가며 대성당 내부를 관람할 수 있는지 알아본다. 이리저리 길게 구부러진 대기줄을 찾았다. 워낙 사람이 많아 시간대별로 대성당에 입장할 수 있는 인원을 조정하고 있었다.

대성당 내부를 천천히 둘러보았다. 어둑한 조명 아래 스테인드글라스와 성화, 고딕의 내부 구조가 웅장하면서 거룩한 느낌을 자아낸다. 한 바퀴 돌다보니 중앙에 기다리는 줄이 늘어서 있다. 성 야고보 사도의 유해를 보려는 사람들의 줄이다. 줄 뒤에 붙었는데 거북이처럼 진행이 느리다. 성당 바닥에서 반지하로 내려가는 좁은 계단이 있다. 계단을 내려가면 작은 공간에 나오고 그곳에 석관이 놓여 있다. 유해를 모셔 놓은

얀과 다시 만나다

석관을 어루만지는 사람, 입을 맞추며 성호를 긋는 사람, 엎드려 기도하는 사람도 있다. 각자 다양한 자세로 성 야고보 사도의 유해와 만난다.

800킬로미터를 걸어 성 야고보 사도의 유해에 도착했는데 혹시 내게 신비한 기적이 일어나진 않을까 하는 기대가 있었다. 40여 일간 힘들게 걸어왔는데 성 야고보 사도가 특별한 계시라도 해주셔서 나를 치하해주었으면 하는 마음. 엉터리인 줄 알면서도 헛된 상상을 한다. 가만히 돌아보면 산티아고 데 콤포스텔라에 무사히 도착해 대성당 안에 들어와 있는 지체가 사실 기적 같은 일이 아니고 무엇이겠는가. 나는 깨닫는다.

이 자리까지 나아올 수 있도록 그동안 수없이 은혜를 베풀어주셨다고. 이것이야말로 진실로 기적이라고.

성 야고보 사도의 유해가 안치된 석관을 만져 보고 돌아나와 성당 내부를 더 돌아본다. 그때였다. 스마트폰에 메시지가 떴다. 얀이 와츠업으로 메시지를 보낸 것이다. 지금 대성당 인근에 와 있다고 요한이 어디에 있는지 물어보는 것이다. 나는 놀라서 대성당 안에 있다고, 보고 싶다고 했더니 얀이 위치를 알려준다. 하지만 대성당과 광장이 넓고 사람들로 넘쳐 어떻게 만날 수 있을까. 어디가 어딘지 방향도 제대로 모른다. 얀이 와츠업에서 서로의 위치를 확인할 수 있도록 허락을 구한다. 두 사람의 위치가 작은 점으로 표시되자 서로 움직이는 동선이 보인다. 두준과 함께 대성당 밖으로 나갔다. 두 점이 가까워진다. 아, 저 앞에 얀이 웃으며 서 있다. 얀과 나는 만나자 마자 얼싸안았다. 카미노에서 만난 가장 반가운 친구. 빌로리하 델 리오하에서 만나 두 사람만의 만찬이 떠오른다. 여기 콤포스텔라까지 도착해 이렇게 만나는 것도 기적이다. 한동안 이야기를 나누었다. 얀은 피스테라까지 걸은 후에 바로 독일로 귀국한다고 한다.

콤포스텔라에 도착해 오비에도 광장과 대성당에서 스티브와 얀을 재회하는 시간을 가진 게 진실로 기적이었다. 우연히 만나 저녁에 대화를 나누었던 카미노의 친구들. 길을 함께 걸었다는 동지 의식이 깊이 자리 잡았다. 나를 격려해주고 도와준 천사들이었다. 그들을 만나게 해주신 그분의 은혜에 감사하며 이제 나는 카미노의 기적을 실제 체험한 순례자가 되었다.

철야미사

콤포스텔라 대성당에서 밤 10시부터 시작된 철야미사는 느릿느릿 진행되었다. 성당 안은 사람들로 꽉 들어찼다. 스페인어로 장중하게 집전되는 미사는 자정이 가까워져도 끝날 기미가 없다. 성당 안의 일부 관광객들은 좀이 쑤시는지 뒤편에서 서성거리며 빠져나갈 기회를 찾는다.

저녁 8시에 한식당에서 메뉴를 두 개나 시킨 후 남기지 말자며 먹은 통에 배 속이 편치 않았다. 미사가 길어지면서 몸 상태가 점점 힘들어진다. 미사 중에 앞으로 남은 여행 일정, 8일 간의 시간을 어떻게 보낼 것인가 곰곰이 생각했다. 콤포스텔라에 도착한 만큼 두준과 나는 각자 원하는 대로 길을 가야 한다는 판단을 한다. 하루를 함께 쉰 후에 헤어질 수도 있지만 청년의 입장에서 어쩌면 나는 부담이 될지도 모른다. 나야 옆에 한국인이 있으면 힘이 나겠지만…. 철야미사가 끝나기를 기다리다 보면 더욱 지칠 것이다. 결국 미사 참석을 그만두고 숙소로 돌아가 내일 아침 일찍 출발해야겠다는 결심을 굳힌다. 성당 옆문이 살짝 열리는 기미가 보인다. 제복을 입은 경비원이 밖으로 나가고자 하는 삼사십 명의 성화에 쪽문을 연 것 같다. 사람들이 조용히 빠져나간다. 나도 그 뒤를 따른다.

자정을 훌쩍 넘겼다. 그렇다면 지금이 부활절이다. 오늘 오비에도 광장에서 축하 행사가 열릴 것이다. 부활절을 축하하는 가두행렬도 보고 싶지만 내겐 새로운 목적지인 땅끝 피스테라가 다시 앞에 놓여 있다. 무거운 몸으로 숙소로 걸어갔다. 도착하자마자 침대로 들어갔지만 몸은 피곤해도 오히려 눈은 말똥말똥하여 잠을 이루지 못한다.

산티아고 데 콤포스텔라에 도착하면 세상을 달리 볼 수 있는 눈이나 아니면 주춧돌같이 단단한 믿음이라도 얻었으면 하는 바람이 있었다. 토요일 낮에 도착한 콤포스텔라의 거리는 관광객들로 인산인해였다. 부활절 연휴를 맞아 스페인 각지에서 대거 몰려든 것이다. 콤포스텔라의 순례자 사무소에 받은 프랑스 길을 완주했다는 인증서, 하지만 허전함이 몰려왔다. 관광객들과 군중들을 보러 한 달 넘게 걸어온 건 아니다. 목적하는 바가 분명 있었다. 그런데 날마다 먹고 자고 걷는 일에 집중하다 보니 목표가 휘발되어 버렸을까. 꿈꾸었넌 목표를 성취한 날의 오밤중에 나는 빈 마음으로 자신을 바라보고 있다. 그나마 다행은 피스테라와 무시아가 아직 남아 있다는 것이다.

1시간도 채 잠을 이루지 못했다. 폰페라다 이후 두준과 함께했던 카미노가 무척 행복한 길이었음을 깨달았다. 동행이 있어 외롭지 않았다. 다시 혼자서 길을 나서야 하는데 피스테라까지 잘 걸을 수 있을까. 계속 뒤척이다가 새벽 5시가 넘어가자 일어나 배낭을 싸기로 했다. 침실 밖으로 물품들을 챙겨 밖으로 나왔다. 호스텔에서 하루 더 묵을 요량으로 배낭을 완전히 헤쳐 놓는 바람에 다시 짐을 꾸리는 데 적지 않은 시간이 지나갔다. 두준이 일어났는지 로비로 내려왔다. 나는 먼저 떠나야겠다고 말했다. 각자 새로운 길로 나아가기를 그리고 혼자 여행하는 일을 두려워하지 말고 계속 도전하자며 악수를 나누었다. 마음 한 구석이 저렸다. 다음에 다시 만날 인연이 될까, 두준과 굳은 악수를 한 후 호스텔의 문을 열고 나섰다.

부활절 새벽

깜깜하다. 콤포스텔라의 거리에는 가로등만 반짝이고 있다. 한 달 전 팜플로나의 아침, 배낭을 메고 혼자 나설 때의 불안감이 떠올랐다. 새벽 찬 공기가 폐로 깊숙이 들어온다. 다시 걷기를 시작하자는 다짐. 보도 위를 천천히 걸으며 열흘만 참으면 한국으로 돌아갈 수 있다는, 집에 가면 두 발 뻗고 마음대로 잘 수 있으리라는 기대가 솟는다. 발걸음이 조금 가벼워진다. 대성당 앞의 오비에도 광장으로 걸어간다.

어둠에 감싸인 광장에는 인적이 없다. 어젯밤 늦게까지 관광객들로 붐비던 광장은 부활절 환희의 태양이 떠오를 때까지 달콤한 잠에 빠져 있는 것 같다. 광장의 중심부에 서서 사방을 둘러보았다. 조금 있으니 한 쌍의 커플이 광장으로 나온다. 조용한 광장에서 이른 아침을 맞고 싶은 모양이다. 콤포스텔라를 떠나기 전, 이리저리 고개를 돌리며 마지막으로 새벽 풍경을 눈에 담는다. 꿈꿨던 산티아고 순례길을 완주하고, 그 목적지였던 성당이 눈앞인데, 이제 떠나면 언제 다시 올 수 있을까. 마치 이별하는 연인이 서로 길을 달리하는 순간처럼 내 발걸음이 떨어지지 않는다. 허전하고 텅 빈 마음으로 어둠이 깃든 광장을 한 바퀴 돌았다.

구글맵을 켜고 피스테라로 향하는 길을 찾았다. 대성당 맞은편 작은 골목으로 이어진다. 땅끝을 향한 순례길의 출발점이다. 또 다른 시작이다. 바람막이 웃옷의 옷깃을 세운다. 새벽 한기가 파고 들어오는 부활절 아침.

부활절 새벽, 오비에도 광장

예수는 부활했다. 유대인의 안식일이 지난 다음 날 동틀 무렵, 막달라 마리아와 다른 마리아는 예수의 무덤을 보러 갔다. 그런데 무덤 입구를 막았던 바위는 옆으로 굴려져 있었다. 예수의 시신은 보이지 않았다. 그리고 환한 빛에 둘러싸인 천사들의 음성을 듣는다. 십자가에 못 박혀 처형 당한 예수가 이전에 말씀하셨던 대로 다시 살아나셨다는 소식. 놀란 두 여인은 기쁨에 겨운 나머지 한달음으로 제자들에게 달려가 예수의 부활 소식을 알린다. 유대인들이 두려워 숨어 있던 남은 제자들은 그때 부활의 소식을 듣는다. 아마 해가 막 떠오르는 때였으리라.

나는 오비에도 광장을 천천히 빠져나갔다. 내리막 골목길로 들어섰다. 피스테라로 향하는 길임을 알려주는 바닥의 가리비 표지가 가로등 불빛을 받아 반짝이고 있다. 여기까지 오는 동안 노란 화살표와 가리비 표지가 나를 이끌어주었다. 이제부터는 유럽의 땅끝으로 나를 인도해줄 것이다.

여명이 트기 시작한다. 도시의 외곽으로 빠져나오는 길은 축제가 끝난 후처럼 쓸쓸한 정경이다. 부활절 하루, 흥겨운 분위기의 도시에서 즐기고 떠나도 되는데 나는 피스테라로 발길을 향하고 있다. 오랜만에 혼자 걸어가는 길. 이른 시간이라 다른 순례자들은 전혀 보이지 않는다.

도로를 따라 걷다가 외곽의 숲길로 접어든다. 동쪽 하늘이 밝아온다. 해 뜨기 직전의 콤포스텔라를 바라본다. 숲의 어둑한 실루엣 위로 대성당의 첨탑이 드러난다. 어둠 속에서 마치 뿔처럼 우뚝 솟은 세 개의 첨탑이 조금 전 빠져나온 콤포스텔라라고 알려준다. 숨을 돌리며 오래도록 바라보았다.

주일이자 부활절 아침의 고요가 밀물처럼 밀려온다. 나는 기도를 시작했다. 그리고 마음을 다진다. 다시 출발한 길, 마음 굳게 먹고 유럽의 땅끝 피스테라까지 걷자, 앞에 놓인 어떤 길이든 결국 길이란 혼자 걸어가야 하는 것이다.

예기치 못한 환대

땅끝을 향해 출발하다

땅끝 피스테라로 향하는 첫날의 목적지는 '네그레이라'이다. 숲길이 이어진다. 잘 정돈된 아담한 마을을 지나간다. 사람들은 보이지 않는다. 순례자들도 눈에 띄지 않는다. 콤포스텔라 이후 계속 걷는 게 어떤 의미가 있을까라는 생각도 했지만, 반나절도 안 돼 걷기를 잘했다는 쪽으로 마음이 바뀐다.

부활절이라 마을의 바르가 문을 열지 않으리라 예상했다. 그런데 숲길을 빠져나가자, 큰 도로 옆의 바르가 문을 열고 손님을 받고 있었다. 안으로 들어가니 두세 명의 순례자들이 아침 식사를 하고 있다. 여기 바르는 마을의 사랑방 역할을 한다. 동네 주민으로 보이는 사람들이 서너 명씩 모여 앉아 커피를 마시고 신문을 보며 대화를 나눈다. 쫓기는 삶이 아닌 오전 시간을 넉넉히 즐기는 모습이 정겹게 느껴진다.

이제부턴 알베르게 숙박 걱정도 내려놓고 천천히 걷기만 하면 된다. 오늘은 고요의 카미노를 맘껏 즐기는 날이다. 숲속으로 난 카미노엔 시냇물이 종달새처럼 쫑쫑거리며 흘렀다. 갈리시아 산지에서는 길거리에 널린 게 쇠똥이었지만 콤포스텔라를 넘어서니 주변에는 목장들이 많이 보이지 않았다. 숙연한 분위기까지 드는 조용한 산길, 아침 햇빛이 나무와 성근 가지 사이로 파고들며 그림자를 드리우고 있다. 숲길에서 명상을 하며 이 길을 걷게 해주신 은혜에 감사한다. 고요의 길이 이어지니 마음은 차분해지고 지난 한 달여의 시간을 천천히 반추할 수 있게 되었다. 기대하지 못한 행운이다. 지나쳤던 시간들, 그동안 겪은 상황에 대해 그 의미를 돌아볼 수 있는 기회가 되었다. 왜 카미노를 걸었을까. 당초 마음에 품었던 동기를 떠올리며 카미노에서 자신이 바뀐 게 있는지 돌아보았다. 나를 이 길로 이끌었던 빛이 있다면 무엇이었을까.

네그레이라 알베르게에 도착했다. 순례자는 서너 명뿐이다. 부활절이라 콤포스텔라에서 출발한 순례자들도 많지 않을 것이다. 이층 문간에 위치한 침대에 짐을 부린다.

바로 약국을 찾아가기로 마음먹었다. 내일도 계속 걷기 위해서는 약을 먹어야 한다. 목 안이 근질거리며 잔기침이 시작되었다. 비염을 달고 사는 내게 치명적인 증상이다. 목 안에서 가래가 시작되면 괴롭기 그지없다. 특히 조용한 장소에서 목이 간질간질하며 가래 끓는 기침을 참아내는 것은 힘들다.

알베르게 관리인에게 근처에 문을 연 약국이 있는지 물었다. 짠하다

네그레이라의 조형물

는 표정으로 내 안색을 살피던 관리인은 스마트폰으로 약국을 검색하더니 한 곳을 알려주었다. 거울에 비친 내 모습은 초췌하기 그지 없었다. 곱슬머리는 두 달 가까이 자라 엉킨데다가 머리카락은 윤기 없이 푸석했다. 순례 중반까지 빨랫비누 하나로 사용하면서 피부가 거칠어져 고생했다는 흔적이 얼굴에 묻어나온다. 약국을 찾아 네그레이라 시가지로 향했다. 스페인 약사 또한 내가 짠해 보였던 것 같다. 번역앱으로 증상에 대해 말하자 약사는 가루로 된 감기약을 처방해주면서 복용법을 자세히 일러주었다.

걷다 보니 시내 한쪽에 작은 공원이 보인다. 그곳의 조형물이 눈에 들어왔다. 헤어지는 가족의 모습, 벽을 사이에 두고 집을 떠나는 아버지와 남아 있는 가족을 그렸다. 어깨에 행장을 걸친 아버지는 단호하게 뒤도 돌아보지 않은 채 밖으로 나아간다. 반대편에는 어린 아이를 안고 고개를 숙이며 비탄에 잠긴 어머니, 그리고 창문 밖으로 손을 내밀어 떠나는 아버지의 바짓가랑이를 부여잡는 큰아이. 아마 역사적 사건이나 이 지역에서 전해지는 일화 등을 토대로 조형물이 세워졌을 것이다. 찬찬히 보고 있자니 가슴이 아려온다. 아버지는 돌아올 기약 없이 떠나는 것처럼 보인다. 아니 그는 아예 돌아오지 못할 것임을 직감하고 떠나는 자세인지도 모른다.

내 가족의 얼굴이 떠올랐다. 카미노에서 앞만 보고 걸었다. 아내는 출근하면서 혼자 집안의 살림도 도맡아야 했다. 다행히 아내와 통화하면 아빠가 집에 없을 때 아이들이 더 잘한다는 말에 안심이 되곤 했다.

컨디션 제로

아침에 일어나니 알베르게 내부에 쌀쌀한 기운이 감돌았다. 자면서 기침을 쿡쿡 했던 기억이 난다. 그래도 공립인 만큼 일찍 일어나서 출발해야 한다. 자신 외에는 기대고 믿을 구석이 없는 처지. 차라리 1일 버스투어로 피스테라, 무시아 구간을 마무리할 걸 그랬나 싶은 후회마저 든다. 미트볼로 아침 식사를 하고 알베르게를 나섰다. 어깨에 걸리는 배낭

무게가 몸을 더 가라앉게 만든다. 몇 발자국 걷다가 이내 머리가 핑 돌 정도로 어지럼증이 생겨 주저앉고 말았다. 길 옆에 배낭을 벗어 놓고 숨을 몰아쉬었다. 혼자 걷다가 쓰러지면 어쩌지, 덜컥 겁이 난다. 쓰러지면 누가 나를 살펴줄 것인가? 멍하니 앉아 있었다. 한참만에 다시 걸어야겠다는 각오가 생긴다. 아니 각오라기보다는 '오기'라고 하는 편이 더 맞겠다. 사람은 어떤 마음을 먹느냐에 따라 이겨낼 수 있다.

알베르게를 나와 카미노에 접어드는 길은 급한 경사의 오르막이다. 스틱을 땅에 박고 앞으로 몸을 밀어낸다. 헉헉거리며 오르막길을 걸었다. 한참을 올라가 평탄한 길이 이어지면서 점차 진정이 되었다. 다행히 숨도 고르게 쉬어지며 어지럼증이 사라진다. 오늘 걸을 거리를 가늠해 보니 오후 서너 시가 되어야 올베이로아이란 곳에 도착할 수 있을 것 같다. 찌푸린 하늘은 언제 든 비를 쏟아낼 것 같다. 큰 비가 아니더라도 몸 상태는 계속 가라앉을 것 같다.

올베이로아까지 걷다

네그레이아에서 올베이로아까지는 34킬로미터. 어제보다 15킬로미터를 더 걸어야 한다. 20킬로미터를 넘어가면 발바닥이 아프기 시작하고, 몸이 축축 늘어질 것이다. 한 시간에 4킬로미터를 걷는 속도라 8시간 이상 걸어야 한다. 바르에서 점심을 먹고 또 중간중간 쉰다면 목적지까지 9시간 정도 소요된다.

작은 언덕을 지나고 해발 2~3백 미터 높이의 구릉이 이어진다. 감탄할 만큼 아름다운 풍경이지만 빨리 목적지에 도착하고 싶은 마음에 스치듯 지나간다. 빗방울이 한 두 방울 떨어지는가 싶더니 계속 빗줄기가 이어진다.

오후 늦게 도착한 올베이로아의 알베르게는 허름했다. 오래된 골목길을 지나 돌로 지어진 건물이 길 양쪽으로 나뉘어 있다. 왼쪽은 주방과 식당, 오른쪽은 숙소였다. 컴컴한 로비에 들어갔더니 서너 명의 사람들이 소파에 앉아 이야기를 나누고 있다. 숙박이 가능한지 물어보니 이곳은 관리인이 상주하는 곳이 아니라고 한다. 저녁 7시 경에 관리인이 와서 숙박 요금을 걷는다는 것이다. 나는 일단 침실로 갔다. 반지하 형태로 어둑하다. 창가의 침대에 배낭을 풀고 잠자리를 만든다. 비에 젖은 배낭커버와 판초, 신발 등 손봐야 할 게 많다. 비에 젖은 몸을 씻으러 샤워실에 들어갔다. 벽에 부착된 낡은 샤워 꼭지는 첫눈에도 따뜻한 물이 잘 나오지 않을 성싶다. 샤워기에서 물이 나오는 버튼을 누르는데 따뜻한 물 대신 찬물이 쏟아지다 멈춘다. 이크, 깜짝 놀라며 비켜서서 버튼을 계속 눌러도 찬물만 쏟아진다. 녹초가 된 몸이라 이러다간 딱 몸져눕기 좋다. 옷을 다시 껴입고 일층의 샤워실로 내려갔다. 다행히 따뜻한 물이 쫄쫄 나온다. 앞으로 이틀 정도만 더 고생하면 알베르게 생활도 끝난다는 바람으로 버티는 수밖에 없다.

마을의 바르에서 식사를 마치고 주방으로 자리를 옮겼다. 콤포스텔라를 지난 이후 훨씬 외롭다는 느낌이 들었다. 시간은 밤 9시를 넘어가고 밖은 추웠다. 주방엔 난방 시설이 없어 쌀쌀하다. 옷깃을 턱까지 잡아 올리고 발을 동동 구르기도 하면서 기도를 시작했다. 고독하다는 생각에 작은 목소리로 찬송가를 부른다. 주방에서 홀로 찬양하며 기도했다. 돌벽에선 한기가 스며나온다. 고요한 밤이라 찬송을 부르는 내 목소리가 건너편 숙소에 울리겠다 싶지만 상관하지 않았다. 외롭고 쓸쓸한 마음을 부여잡을 수밖에 없었다.

"하나님, 여기까지 인도해주셔서 참으로 감사합니다. 부족하고 능력 없는 사람이 콤포스텔라를 지나서 이곳 올베이로아까지 왔습니다. 순례길을 거의 마치는 때인데 정말 외롭다는 생각이 듭니다. 제 마음을 부드럽게 만져주소서. 40일을 걷고 왔는데 결국 고독해서 어떻게 해야 할지 모르겠습니다. 혼자 걷는 마지막 구간이 너무 힘듭니다."

1시간을 기도하고 찬양하니 다시 내 영혼이 서서히 충만해지는 느낌이 들었다. 깊은 구렁에 빠진 듯한 마음 한쪽에 은혜의 빛줄기가 깃들기

주방에서 혼자 기도와 찬양을 하다

시작한 것이다. 촛불에서 흘러나오는 작은 빛이 방 전체로 비치는 것처럼 이틀 동안 상심했던 마음에 온기를 회복하게 되었다. 감사하다는 말 외에 달리 고백할 게 없었다. 지치고 고되었던 하루는 하나님의 긍휼과 은혜를 체험하는 시간으로 바뀌었다.

갈림길

올베이로아를 출발해 두어 시간 걸어가면 갈림길이 나타난다. 피스테라와 무시아로 갈라지는 삼거리이다. 무시아로 먼저 갔다가 나중에 피스테라로 넘어오는 루트가 고도(高度)로 치자면 내리막이라 걷기에 더 낫다는 얘기를 들었다. 막상 갈림길에 서니 마음이 바뀐다. 피스테라

갈림길

를 먼저 가기로 결정한다. 무시아에서 이틀을 묵으며 이번 순례를 마치고 전체적으로 성찰하는 시간을 갖자고 마음먹었다. 콤포스텔라를 향해 걸었던 때와 이후의 카미노의 분위기는 다르다. 콤포스텔라를 염두에 두고 걸을 땐 끝없이 막막하게 느껴지던 길이었다. 여기는 종점이 멀지 않아 빨리 걷기를 끝내고 싶다는 생각이 앞선다.

숲길 맞은편에서 혼자 걸어오는 여성이 보였다. 얼굴을 알아볼 수 있을 만한 거리가 되자 한국 사람인 것 같다. "올라"하면서, 동시에 "안녕하세요" 인사했더니 우리말로 화답한다. 어제 버스로 피스테라에 도착했다가 콤포스텔라까지 걸어서 돌아간단다. 바르가 없어서 아침부터 먹지 못했다는 말에 나는 배낭 속에서 작은 빵을 꺼냈다. 그녀는 손사래를 치며 괜찮다고 했지만 나는 간식이 충분하다며 받으라고 강권했다. 그녀는 미소를 지으며 미국 교포라고 소개했다. 카미노에선 한국말로 잠깐 대화를 나눠도 기운이 난다. 방향이 반대인 만큼 다시 만나진 못할 것이다. 이 순간 카미노에 함께 있었다는 것. 인적 없는 길에서 진심으로 "부엔 카미노" 인사를 나눈 것으로 충분하다.

쎄를 지나다

해안 도시 쎄(Cee)를 지난다. 어제는 바다가 언뜻 보였다가 곧 사라지곤 했다. 멀리서나마 바다가 살짝 비친다는 것은 땅끝이 멀지 않았다는 뜻이다. 쎄는 아름다운 해변을 끼고 있다. 해안을 굽어 도는 만에 햇볕에 윤슬 대는 파도가 부드럽게 밀려왔다 나간다. 해안 도로를 따라 걸으면 짭조름한 해초를 씹는 맛이 나는 것 같다. 여기 쎄에서 하룻밤 쉬어가도 좋을 것이다.

쎄로 진입하는 도로변에 알베르게 한 곳이 문을 열고 있었다. 출입문 사이로 어둑한 내부에 앉아 있던 관리인이 지나가는 내 모습을 내다보고 있었다. 눈이 마주쳐 여기서 묵을까도 싶었지만 세 시간만 더 걸어가면 피스테라에 도착하게 되니 계속 걷자고 마음을 고쳐먹었다. 약해지지 말자며 고개를 흔들었다.

해안 도시 쎄

스페인 순례자 한 사람이 배낭을 메고 나보다 앞서 걸어가고 있다. 뒤에서 지켜보면 그도 지친 듯 걸음걸이가 흔들려 보인다. 피스테라가 멀지 않은 만큼 그도 빨리 도착하고 싶을 것이다.

갈매기들이 창공을 날아다닌다. 부럽다, 날개를 가진 종족들. 그 날개로 무한의 공간을 휘젓고 다니는구나. 사람은 그어진 선을 따라 두 발로 움직일 뿐이지만 갈매기는 3차원의 공간을 자유롭게 날아다니는 존재.

공원의 벤치에 앉아 눈부신 쎄의 하늘과 바다를 바라본다. 노년의 부부가 여유를 즐기며 공원을 산책한다. 벤치에 홀로 앉아 있는 낯선 순례자를 힐끔힐끔 바라본다. 고개를 돌려 내 눈과 마주친다. 다정한 모습이다. 저리 아름답게 나이 들고 싶다. 큰 개를 데리고 산책 나온 중년 남자가 보인다.

말굽처럼 굽은 해안을 따라 조성된 공원과 주변 경치가 잘 어우러져 있다. 이방인인 나는 바닷가에서 망연자실 앉아 있다. 급하게 마음먹지 말자고 자신을 다독였다. 계속 앉아 있으니 더 이상 힘들게 걷기 싫어진다. 피스테라까지 무리하며 걷기보다는 아름다운 해안 도시 주변에서 하룻밤 머무르는 것도 괜찮은 선택일 것 같다.

굽은 만을 걸어 쎄를 벗어나자 급경사의 오르막길이 기다리고 있다. 도시 외곽은 가파른 언덕길로 이어진다. 더 이상 걷기 어렵다는 생각이 든다. 쎄에서 보았던 알베르게로 다시 돌아가고 싶다. 그러나 너무 멀리 지나왔다. 차라리 피스테라까지 걸으면 머지 않아 도착할 수 있다.

콤포스텔라에서 피스테라까지 3일 만에 도착하겠다는 계획은 몸의

호스피탈레로 호세

상태로 보아 무리일 것 같다. 콤포스텔라에서 연박하며 휴식을 취했다면 가능했겠지만 도저히 걸을 수 없는 상태가 된 느낌이다. 의지가 강해도 할 수 없는 일이 있다. 더 이상 무리하지 말고 가까운 알베르게를 찾아가자는 마음으로 쉴 곳을 검색했다. 경사진 언덕길 너머에 코르쿠비온이라는 마을이 있다. 그곳에 위치한 알베르게는 기부제로 운영되고 있다고 한다. 경사진 언덕길을 오를 때 배낭은 절대 떨어지지 않을 찰거머리처럼 앵겨온다.

환대

길옆에 제법 큰 알베르게가 서 있다. 기진맥진해서 '아이고, 모르겠

다'라는 심정으로 들어선다. 건물 앞쪽으로 돌아가 문을 열었다. 안에 불이 켜져 있어 "올라" 외치며 들어간다. 잠시 후 인기척이 들리고 하얀 턱수염을 기른 마치 마법사처럼 보이는 관리인이 등장한다. 오늘 밤, 숙박할 수 있을지 물으니 그는 웃으며 흔쾌히 고개를 끄덕인다. 마법사는 입구의 테이블에 앉아 내 여권과 크레덴시알을 펼치고 들여다본다. 손등을 보니 혈관이 불거져 우둘투둘하다. 나이 많은 사람이 알베르게 관리인으로 일할 수 있을까 싶다. 숙박부에 내 이름을 적을 때 나는 "꼬레아"라고 말한다. 마법사는 미소를 지으며 일주일 전에도 한국인 한 명이 왔었다고 한다. 그가 스마트폰을 꺼내어 젊은 청년과 함께 찍었던 사진을 보여주었다. '그전에 봤던 얼굴인데…' 나는 기억을 되살려 보지만 분명하지 않다. 사진 속에서 가볍게 미소 짓는 청년의 얼굴엔 지친 모습이 역력했다.

관리인은 이층 침실로 안내했다. 매트리스의 모서리는 닳아서 바랬다. 얼마나 많은 순례자들이 이 침대를 거쳐 갔을까. 오늘은 이곳 침대방을 혼자 독차지하는 행운을 얻을 것 같다. 저녁 식사는 6시라고 한다. 나는 오후 시간을 맘껏 즐기기로 마음먹는다. 짐을 정리한 후 일층으로 내려가자 관리인 호세는 차를 권한다. 캐모마일 차를 홀짝거리며 수첩에 일기를 적는다. 당초 목표라면 지금쯤 피스테라에 도착했어야 한다. 오늘 중도에 주저앉았지만 어쩌면 나를 지켜주기 위한 손길이었는지도 모른다. 내가 계획하고 주도한 대로 삶이 이루어진다면 얼마나 좋을까. 그렇지 못한 경우가 더 많다.

그때 키가 작고 나이 든 아주머니가 들어온다. 나와 눈이 마주치자 사람 좋은 미소를 짓는다. 순례자는 아니라는 생각에 고개를 갸웃거렸더니 호세가 그녀의 이름을 알려준다. '마리아'라는 이름의 그녀는 분명히 할머니의 나이에도 마치 소녀 같은 인상이었다. 처음엔 두 사람이 부부인 줄 알았는데 아니었다. 두 사람 모두 호스피탈레로이고 이곳 알베르게를 관리하는 사람들이다.

호세가 보여준 사진 속의 청년이 누군지 갑자기 떠올랐다. 론세스바예스에서 캄캄한 새벽에 배낭을 꾸리며 바로 출발한다던 청년 G. 일정이 빠듯해 이틀간 걸어야 할 거리를 하루 만에 걸어 간다고 했었다. 건강하게 완주하기를 바랐는데 일주일 전에 이곳에서 묵었던 것이다.

스마트폰의 번역앱으로 이야기를 나누었다. 사진에서 보았던 한국 청년은 한 달 전에 봤었다고 말했다. 호세는 미소를 지으며 청년 G가 이곳 알베르게에 도착하던 순간을 이야기해주었다. 그날은 서너 명의 순

례자가 알베르게에 묵었는데 저녁에 대화 시간을 마치고 밤 10시가 되어 침실로 다 올라간 상태였다고 한다. 10시가 넘어 소등하고 자신도 잠자리에 누웠는데 알베르게의 문을 두드리는 소리가 들리더라는 것이다.

"똑똑 똑똑… 처음엔 바람에 문이 흔들리는 소리인 줄 알았어요. 그런데 귀를 기울여 보니 바람소리가 아닙니다. 분명 문을 두드리는 소리였죠. 누군가 잠깐 담배 피러 밖에 나갔나 싶었어요. 그런데 10시에 소등하고 모두 침실로 올라갔기 때문에 그런 사람은 없었지요. 피곤한 상태라 불을 끄면 곧 잠에 빠지니 말입니다. 설마 이 늦은 시간대에 순례자가 찾아들 리도 만무하지요. 그런데 계속해서 문을 두드리는 소리가 들리는 겁니다. 밤 8시가 넘으면 알베르게에 숙박을 받지 않는 게 규칙인 만큼 처음엔 모른 척하기로 했어요. 그래도 가만가만 두드리는 소리가 이어져 어쩔 수 없이 침대에서 일어났지요. 불을 켜고 문을 열어 보았지요. 바람이 아니라 진짜 사람이었어요. 초췌한 모습에 거의 쓰러질 듯한 표정의 젊은 친구가 간신히 벽을 붙들고 서 있었죠. 그는 낮고 슬픈 목소리로 어제 새벽 콤포스텔라를 출발해 피스테라까지 가려고 나섰는데 지쳐서 더 이상 가지 못하겠다고 말했어요. '콤포스텔라? 어제 출발했다고?' 나는 놀라고 안쓰러워서 어서 안으로 들였지요. 그는 알베르게 안에 들어와선 먼저 먹을 것이 있는지 물었어요."

청년 G를 알베르게에 들일 시간이 아니었지만 호세는 안쓰럽다는 생각에 문을 열어주었다. G는 쓰러질 듯 울상이 되어 들어왔다. 이내 따뜻한 난롯가에 앉더니 호세가 건네준 빵 조각을 허겁지겁 쑤셔 넣었다고 한다. 컵에 물을 담아주면서 천천히 먹어도 된다고 말하니 그제야 정신이 들었다고 한다. 다른 순례자들이 이미 잠자리에 든 시간이라 청년은 굳이 소파에서 자겠다고 했다.

이튿날 아침, 다른 순례자들과 함께 아침 식사를 하면서 보니 G는 잠을 푹 잤는지 표정이 괜찮아 보였다. 식탁에 남은 음식들을 모두 먹어 치우며 지금까지 걸어온 이야기를 나누다가 북받치는 설움 때문인지 마리아의 품에 안겨 울었다는 것이다. 집을 떠나 멀리 나갔다가 고생만 하고 엄마 품으로 돌아온 병아리처럼.

나는 한 달 전, 호기롭게 새벽길을 나섰던 청년이 이곳에서 하룻밤 쉬어가 무엇보다 다행이라는 생각이 들었다. 이곳에 알베르게가 있는 줄은 나도, 그 청년도 몰랐다. 걷다가 지쳐 찾아 보니 이 알베르게가 나타난 것이다. 순례자가 육체적으로 정신적으로 가장 지치는 시점, 피스테라를 목전에 두고 이 알베르게가 자리 잡고 있다.

저녁 식사는 소박한 스파게티였다. 나는 두 그릇을 비우며 호세에게 엄지를 치켜세웠다. 호스피탈레로 두 사람은 순례자가 없으면 집으로 가고 오늘처럼 순례자가 한 명이라도 묵게 되면 알베르게에서 함께 잔다고 했다. 저녁을 먹은 후엔 차를 마시며 나와 호세, 마리아는 오랫동안 대화를 나누었다. 국적과 살아온 경험과 문화는 다를지라도 인간이 인간으로 만나 마음을 열고 나누면 진정한 환대의 느낌을 받는가 보다. 고요한 봄날의 밤. 이런 자리에선 가족들에 대한 이야기가 먼저 나온다. 마리아는 젊었을 적에 서커스단에서 활동했다고 한다. 세상을 많이 떠돌며 딸을 키웠는데 지금은 남미에서 무용을 하고 있다고 했다. 마리아는 배우로도 활동하는 딸이 자랑스러운지 핸드폰에 저장된 딸의 공연 영상을 보여주었다. 호세는 팔십 세가 되는 나이에도 더 좋은 호스피탈레로가 되기 위해 산티아고 순례길의 다양한 루트를 걸었다고 한다. 많은 알베르게에 숙박하면서 호스피탈레로의 역할이 어떠해야 하는지 겪어 보았다고 했다. 북쪽 길, 은의 길 등 그는 여러 카미노를 직접 걸었다. 그는 사람을 끌어당기는 미소를 가진 사람이다. 밤 10시가 되자 잠자리에 들어야 한다며 호세는 나를 이층으로 올라가라며 보챘다.

세상에 하나뿐인 조가비

아침이 되어 일층으로 내려갔다. 소박한 조반이 테이블에 차려져 있다. 빵에 잼을 바르다가 문득 며칠 전 거리에서 보았던 공연 포스터가 떠올랐다. “모세다데스(Mocedades)의 50주년 기념 공연 포스터를 봤는데요. 그들이 불렀던「에레스 뚜(Eres Tu)」란 곡을 무척 좋아합니다.” 두 사람은 고개를 끄덕였고 호세는 환하게 웃었다. 내 스마트폰에 저장되어 있던 동영상을 보여주었다. 합창 동아리의 레퍼토리 중 하나가「에레스 뚜」를 우리말로 번안한 곡이다. 동영상을 함께 보던 마리아가 갑자기 내게 직접 불러달라고 부탁한다. 이 아침에, 더구나 며칠 동안 목도 잠겼다며 손사래를 쳤다. 그래도 마리아가 재촉한다. 나는 두 사람이 내게 베풀어준 친절과 환대에 뭐라도 답해야겠다라는 마음에 악보 사진을 찾았다. 음음, 몇 번 소리를 내고는 번안곡 가사로 부르기 시작한다.

> 영원히 사랑한다던 그 맹세, 잠 깨어 보니 사라졌네
>
> 지난밤 나를 부르던 그 목소리, 아 모두 꿈이었나 봐
>
> 그대가 멀리 떠나버린 후 이 마음 슬픔에 젖었네
>
> 언제나 다시 만날 수 있을까 아아 바람아 너는 알겠지
>
> 바람아 내 마음을 전해다오, 불어라 내 님이 계신 곳까지

부르면서 콱 가슴이 뜨거워진다. 먼 이국땅에 와서 느닷없이 이 노래를 부르게 될 줄 어찌 상상이나 했을까. 마리아는 내 모습을 휴대폰으로

찍고 있다. 나는 손가락으로 눈가를 훔치며 손사래를 쳤다. 그런데 마리아도 역시 두 눈가를 손가락으로 잠깐 훔치고 있다. 한참 세 사람은 말을 잊고 가만히 있었다.

이윽고 정신을 차리자 호세가 내 앞에 놓여 있는 접시를 가리킨다. 테이블에 앉을 때부터 고이 냅킨으로 덮어 놓은 접시가 눈에 띄었다. 포크도 놓여 있었지만 손을 대지 않았다. 특별히 순례자를 위해 손수 만든 빵이라도 되나 싶었다. 호세와 마리아의 눈빛이 반짝였다. 뭘까, 기대하는 마음으로 냅킨을 젖혔다.

아, 조가비 하나가 접시 위에 놓여 있다. 눈부신 햇빛처럼 내 마음이 환해진다. 태극기 문양이 그려진 조가비! 내가 어젯밤 잠자리에 들어간 후, 두 사람은 조용히 이 조가비에 그림을 그렸던 모양이다. 태극의 한쪽 괘가 잘못 그려져 있다. 처음으로 태극기를 그려봤을까. 'Corea del sur', (한국, South Korea)이라고 적힌 글씨. 뒤집어보니 호세와 마리아(Jose Y Maria)의 이름이 날짜와 함께 적혀 있다. 나는 세상에 하나뿐인 조가비를 선물로 받은 것이다. 산 로크 알베르게를 떠나기 전에 나는 방명록에 다음과 같은 글을 남겼다.

> 지난 3월 2일 프랑스에 입국해서 계속 산티아고 순례길을 걷고 있습니다. 4월 8일엔 산티아고 데 콤포스텔라에 도착해서 순례 인증서를 받았습니다. 이후 피스테라와 무시아를 가기 위해 걷다가 몸이 좋지 않아 생각지도 못한 여기 알베르게 San Roque에서 멈주었습니다.

호세와 마리아의 선물

호스피탈레로 호세 님과 마리아 님의 환대, 정성 어린 음식과 선물로 그동안 쌓였던 피로와 한국으로 빨리 돌아가고 싶은 마음을 누그러뜨릴 수 있었습니다. 저 혼자 독채로 알베르게를 이용했습니다. 한 사람을 위해 배려해주는 두 분의 마음 씀씀이에 감동을 받고 또한 카미노에서 좋은 삶의 교훈과 지혜를 깨닫습니다. 치유가 있는 이곳에서 진정한 알베르게의 의미를 생각해 보고 산티아고 순례길에서 진정 아름다운 것은 스페인의 아름다운 풍경도 많지만 더욱 아름다운 것은 기대하지 못했던 '환대'입니다. 사람과 사람, 언어와 용모가 다르고 사고방식도 같지 않겠지만 순례자의 고통과 이방인으로서의 처지를 이해하고 보살펴준 두 분으로 인해 사람에 대한 신뢰를 다시금 생각하게 합니다.

특히 3월 6일 론세스바예스에서 마주쳤던 한국 청년, 힘들게 걷다가 불쑥 찾아든 그를 늦은 밤에도 기꺼이 맞아주어 그가 회복하고 쉼을 찾을 수 있도록 도와주셨던 모습을 사진으로 보았습니다.

감사합니다. 그렇기 때문에 카미노가 아름다운 건지도 모르겠습니다. 이곳에 들르는 순례자들이 그동안의 피로를 잊고 하룻밤 푹 쉬고 갔으면 하는 바람입니다. 특히 한국 순례자 분들도 그렇습니다. 삶에 있어서 작은 천국을 맛보게 해주신 호세와 마리아 님에게 거듭 감사를 드립니다.

하나님, 감사합니다! Mucho Gracias!

땅끝에서 마주한 대서양

발자국 사이로 빠져나간 시간

산 로크 알베르게를 출발하면 피스테라까지 10킬로미터 남짓. 천천히 걸어도 세 시간 안에 도착할 수 있다. 어제와 달리 마음이 여유롭다. 마치 가을 들녘의 익어가는 벼 이삭을 바라보는 넉넉한 마음으로 걸었다.

거리에 사람이 보인다. 행색이 마을 주민은 아니다. 어정쩡하니 상체를 구부리고 서 있다. 순례자일까, 점점 가까워지면서 얼굴이 보인다. 턱수염을 기른 노인인데 반노숙자 같다. 내 표정을 살피는 듯싶더니 나를 보고 손짓을 한다. 무슨 일인가 싶어 그에게로 다가갔다. 다가서자 오랫동안 씻지 않았는지 노숙하는 냄새가 풍겼다.

그는 "부엔 카미노"라고 인사하며 낡아빠진 손가방에서 종이 뭉치를 꺼낸다. 엽서보다 조금 큰 단출한 그림들 중에 하나 선택하라는 듯 내민다. 이내 직감했다. 볼품없는 그림엽서 한 장을 사달라는 뜻이다. 색연

필로 그린 소박한 그림, 비둘기가 올리브 잎을 물고 있다. 지갑에서 5유로를 꺼냈다. 그림엽서 한 장과 5유로를 교환하자, 그의 얼굴에서는 '이게 뭐지' 하는 표정이 나타났다. 나는 그와 눈을 마주치면서 미소를 지었다. 감사하다고 말했다. 이날 아침에 나는 큰 은혜를 받은 사람이었다. 나같이 작은 이에게 주신 축복에 감사하며 마을을 지나갔다.

숲속으로 들어가는 길에 접어든다. 피스테라가 가까워졌을 것이다. 곧 바다를 보게 될 것 같다는 직감이 들었다. 빽빽한 나무와 줄기 사이로 푸른 빛이 살짝 감도는 느낌이다. 스페인 북부를 횡단해서 드디어 대서양을 보게 되는 것이다.

숲길의 모퉁이를 도는 순간 아득한 대서양의 수평선이 눈앞에 드러난다. 바다가 나타나는 순간이다. 이 숲길을 빠져나가면 바다가 모습을 드러내고 피스테라가 보일 것이다. 한 발 한 발 천천히 내딛었다. 발자국 하나하나에 의미를 두고 싶은 심정으로, 또한 곧 순례의 종지부를 찍게 된다는 아쉬움으로 걸음을 옮긴다. 출발지인 생장에서 시작한 발걸음이 어느덧 백오십만 보에 가까워지고 있다. 당초 백만 걸음이면 마칠 것 같았는데 예상보다 훨씬 더 걸었다.

이젠 발걸음도 마음만큼이나 가볍다. 피스테라에서 마주할 푸른 바다, 순례길이 끝나간다는 기대, 땅끝까지 걸었다는 자부심, 40여 일간 번민의 시간들이 지나고 집으로 돌아갈 수 있다는, 내 집에서 그리고 잠자리에서 편히 쉴 수 있다는 안도감이 번져왔다. 숲길이 넓어지면서 하늘이 온통 환하게 열렸다.

"바다다!"

바로 눈앞이 검푸른 대서양이다. 이곳에 오려고 그리 애쓰며 걸어왔던가. 가슴이 벅차올랐다. 멀리 피스테라 시가지가 보인다. 모래 해변이 길게 펼쳐져 있다. 적막한 해변가 옆으로 조성된 데크 길을 걷는다. 햇빛에 부서지는 대서양의 파도가 모래사장으로 밀려오고 밀려간다. 아침 햇살에 온 수면이 반짝거린다. 배낭을 벗었다. 바닷물을 향해 나아갔다. 모래 위엔 물결 자국들이 선명하게 드러나 있다. 나는 조심스레 발자국을 찍으며 물가를 향해 걸었다.

이 발자국들 사이로 순례의 시간이 빠져나갔다. 당혹스럽고 위기였던 순간들, 그리고 내게 호의를 베풀어주었던 많은 이들의 모습이 흑백영화의 영상처럼 지나간다. 이곳까지 오게 해 주신 손길에 감사할 뿐이

해변의 발자국

해안 길에서 마주친 달팽이

다. 해변에 쪼그리고 앉아 신발을 만져 보았다. 내 체중과 짐의 무게를 견디며 묵묵히 버텨준 녀석. 구멍 난 무릎 보호대 역시 나를 지켜주었다. 스페인의 햇볕을 가려준 모자. 하나씩 어루만지며 모래사장에 선명하게 찍힌 내 발자국을 바라보았다. 반짝이는 바다와 나란히 어깨를 겯고 오랫동안 앉아 있었다.

순천으로 돌아가면 봄볕을 받으며 마당의 잡초를 뽑고 꽃을 더 길러 보리라, 삽과 괭이로 텃밭을 손보며 흙을 만져 보고 싶다. 따분한 일상이라고 여겼던 일들이 진실로 감사해야 할 대상이다. 밀레의 「만종」이 떠올랐다. 석양빛 아래 하루의 고된 일을 마치고 감사 기도를 드리는 부부. 자족하며 살아가는 일상이 평화로운 세상을 만든다.

해변 길로 나와 천천히 걷는데 길 위에 작은 달팽이 한 마리가 꿈틀거린다. 무소의 뿔처럼 촉수 두 개를 바짝 치켜세우고 제 집을 짊어진 채

바닥을 기어간다. 앞으로 나아가기 위해 미끈한 점액을 땀처럼 분비한다. 내 발걸음 하나 정도의 거리를 달팽이는 오랜 시간과 공을 들여 움직인다. 달팽이의 순례를 마주한다. 달팽이처럼 나 또한 작고 느리게 걸어왔다. 아바(ABBA)의 노래, '안단테 안단테'의 속도로.

피조물인 달팽이와 나는 느리게 걷는 생명체. 사람이 두 팔을 올리고 찬양하는 것처럼 달팽이 또한 두 개의 뿔을 들어 올리고 있다.

"부엔 카미노!" 달팽이야, 너도 네 길을 천천히 잘 가렴.

피스테라 등대

호세가 소개해준 피스테라의 알베르게를 찾아갔다. 오전 11시, 알베르게의 출입문은 활짝 열려 있다. 산 로크의 호세에게 소개를 받았다고 했더니 젊은 주인이 미소를 짓는다. 청소 시간이라 우선 배낭을 내려놓고 쉬라 한다. 시간 여유가 있기에 피스테라 등대를 다녀오기로 했다.

등대까지 가려면 3킬로미터를 더 걸어가야 한다. 왕복 6킬로미터지만, 배낭 없이 걷는 건 이웃집에 마실가는 것과 다름없다. 등대까지 오르막길이어도 3킬로미터는 웃으며 걸을 수 있다는 자신감이 든다. 시간도 넉넉하다. 어제 늦게 피스테라에 도착했더라면 나는 지친 몸을 이끌고 허우적댔을 것이다.

이젠 두려울 게 없다. 가파른 절벽 옆길을 따라 보행로가 조성되어 있다. 왼쪽으로 대서양 바다가 보인다. 햇볕이 내리쬐지만 걸어가는 동작

대서양을 향한 피스테라 등대

자체가 즐겁다. 차를 타면 금방 등대까지 올라갈 수 있는 길을 순례자들은 차분하게 걷는다.

중간쯤에 순례자 등신상이 나타난다. 중세 순례자의 복장을 하고 고개를 든 그의 시선은 멀리 하늘을 우러르고 있다. 꿈꾸는 듯한 표정으로 저 멀리 보이는 종착지를, 등대를, 바다를, 옥빛 하늘을 바라보는 모습. 등대가 가까워진다. 작은 언덕 아래 넓은 주차장이 있다. 나들이 나온 관광객들이 많다.

드디어 피스테라 등대가 내 눈에 들어왔다. 땅끝에 다다랐다. 하늘과

수평선이 맞닿은 대서양이 눈부시다. 카미노 표지석이 서 있다. 0.000km가 찍혀 있다. 표지석을 배경으로 관광객들이 순서를 기다리며 사진을 찍는다.

망망대해 대서양을 향한 절벽 위에 돌십자가가 서 있다. 십자가 위에 입힌 낡은 티셔츠 한 벌. 먼저 도착했던 순례자들이 놓아두고 간 물건들이 쌓여 있다. 나무 지팡이, 신발 등 자잘한 물건들이다. 햇볕에 바래고 낡아 바람에 찢긴 모양을 보는 순간 울컥한다. 지금은 금지되었지만 과거엔 피스테라에 도착한 이들은 순례길에서 함께했던 소지품들을 불에 태웠다고 한다. 돌십자가는 묵묵히 대서양을 바라보며 순례자들이 놓아둔 순례의 증표들과 함께 서 있다. 해안 절벽 가에 앉아 대서양의 바다를 바라보았다. 바다와 맞닿은 곳마다 가파른 절벽이다. 눈이 시릴 정도로 푸른 세상과 마주한다. 저 아래 암벽에선 거센 파도가 들이칠 때마다 굉음이 울린다. 수평선으로 경계가 나뉜 하늘과 바다, 물이 바다를 덮고 있다. 여기가 유럽의 땅끝이다.

눈을 감으면 메세타 평원이 떠오르고 햇볕이 내리쬐던 카미노가 기억난다. 부활절 전야에 도착한 콤포스텔라, 이튿날 새벽 고독하게 다시 출발했던 때를 돌이켜 본다. 지금까지 마음에 쌓여 있던 모든 것을 송두리째 저 바다에 던져 넣고 싶다.

내 삶에 있어 가장 드라마틱한 40여 일을 보냈다. 광야를 걸었던 40

일. 어느 한 곳, 한 지점도 잊지 못할 것 같다. 영화 장면처럼 지나가면서 뒤이어 그때의 감정들이 밀려온다. 수평선을 바라보며 되새김질하듯 그 뜨거웠던 길을 복기한다. 입에선 "감사합니다"가 쉬지 않고 흘러나온다.

일몰

대서양의 해 지는 광경을 보러 늦은 오후에 알베르게를 다시 나선다. 옆 침대에 자리 잡은 이는 엘 부르고 라네로에서 함께 묵었던 일본 사람. 그도 걸어서 늦은 오후에 피스테라에 도착했다. 그가 대서양의 일몰을 보러 간다고 일어서는데 나도 마음이 동했다. 점심 무렵에 다녀왔지만 대서양의 석양이 다시 보고 싶어졌다.

피스테라 등대에 다시 올라온 나는 사람들 틈에 섰다. 저물녘이 되니 거센 바람이 쉬지 않고 몰아친다. 대서양을 마주하며 일몰을 기다리는 사람들. 쌀쌀한 바닷바람에 거북목처럼 움츠리고 바람을 피한다. 절벽 아래 파도가 철썩철썩 부딪히며 하얀 포말을 만들어낸다. 거대한 구름 띠는 바다와 나란히 놓여 있다. 구름이 끼어 장엄한 일몰을 기대하기는 어렵게 되었다. 구름 사이로 천천히 해가 내려간다. 서녘 하늘이 연분홍으로 물드는가 싶더니 온 하늘이 오렌지 빛으로 변한다. 햇살은 구름 장막 뒤편에서 부챗살 모습으로 번쩍이며 퍼져간다.

어느덧 잔햇살도 사라지기 시작하면서 해가 바다 아래로 모습을 감

대서양의 일몰

춘다. 바람 소리가 모든 것을 지워간다.

중세의 순례자들도 오랫동안 걸어 이곳에 도착했을 것이다. 그들은 바다를 마주하고 어떤 생각을 했을까. 땅끝이라 여겼던 곳에서 믿음이 성장했을까, 더 단단해졌을까. 더 이상 앞으로 나아갈 수 없는 땅끝에 도착해 그들도 자신의 삶을 짚어 봤을 것이다. 걷는 동안 자신과 씨름했던 시간들이 더 의미 있지 않았을까. 하루, 매시간 예상하지 못한 상황을 마주하면서 삶을 바라보는 시선이 바뀌지는 않았을까.

대서양의 거센 바람결에서 혹시 나에게 어떤 소리가 들려오지 않을까 기대했다. 어떤 세미한 목소리가 들려온다면 과연 구별할 수 있을까. 그동안 내 마음에는 세미한 음성을 듣고 분별할 수 있는 평화가 존재하지 않았다. 성 야고보 길 순례를 마치고 귀국해 일상으로 돌아갔을 때 나는 그분의 말씀을 조금이라도 더 깨닫게 되기를 바랐다.

해는 완전히 가라앉았다. 그것으로 되었다.

무시아로 향하다

바닷가의 날씨는 변화무쌍하다. 새벽에 잠에서 깬 나는 다른 순례자들에게 방해가 되지 않도록 살금살금 일층으로 내려와 배낭을 정리한다. 창밖을 내다보니 토닥토닥 빗방울 떨어지는 소리. 오늘은 프랑스 길의 최종 구간이다. 무시아까지 약 30킬로미터의 거리. 오늘만 걸으면 더 이상 카미노를 걸을 일이 없다.

판초를 걸친 후 알베르게 문을 열고 나선다. 피스테라의 시가지는 고요하다. 이른 아침 시간에 거리를 돌아다니는 사람은 없다. 시가지를 빠져나간다. 여명이 밝아오고 있다. 순례를 마치는 날, 날씨가 화창하면 좋겠지만 내가 할 수 있는 일이 아니다. 세상에 내 의도대로 할 수 있는 일은 거의 없다.

아내와 통화하면서 얘기를 들었다. 혼자 산티아고 순례길을 갔다는 소식-페이스북에 올린 사진을 보고 지인들이 응원해주었다-에 주변에서 많이 부러워했다고 한다. 버킷리스트를 실행한 내 소식은 적잖이 화젯거리가 되었던 모양이다. 아내는 덧붙였다. 산티아고 순례길을 걸으면 고생은 되겠지만 다른 사람들은 당신의 삶을 부러워하고 또 소식을 궁금해하니 힘을 내라는 것. 작은 응원은 나비의 날갯짓이 일으키는 바람이 되어 아시아의 히말라야 산맥을 넘고 또 대양을 건너 카미노를 걷는 한 순례자의 마음을 움직인다. 한국과 멀리 떨어진 스페인에서 초라한 행색으로 카미노를 걷고 있지만 누군가는 이런 나를 부러워할 것이다.

걷기에 좋은 숲길이 이어진다. 무시아까지 가는 도중에 세요를 찍어야 하는 마을이 있다. 중간 지점에서 크레덴시알을 확인해야 무시아까

지 걸었다는 인증서를 받을 수 있다고 들었다. 반대편에서 넘어오는 순례자들을 가끔 마주친다. 무시아 쪽에서 걸어오는 순례자들이 더 많다. "부엔 카미노" 주고받으며 힘든 순례길을 감내해온 사람들이기에 나는 팔을 들어 올리며 엄지손가락을 추어주었다. 배낭을 멘 젊은 아빠와 초등학생 정도의 아들이 나를 추월해 걷는다. 아빠와 아들이 정답게 대화를 주고받으며 내 앞을 지나가는 모습을 바라보았다. 나는 아빠로서 낙제점이었다. 가족들과 함께 보내는 시간을 낭비하는 일쯤으로 여겼다. 늘 시간이 부족하다고 불평하면서 가족들과는 가까이 하지 못했다. '아빠는 지금껏 잘못 살아온 거야', 지나간 시간들을 돌아보며 가장 후회스러운 건 가족들과 함께하지 않았던 이기적인 마음이었다. 바깥에서 받았던 압박과 스트레스를 가족들에게 짜증과 불평으로 돌리는 버릇으로 인해 소원해졌다. '나는 최선을 다해 버티고 노력하는데…' 투의 비난이 먼저 나가곤 했다. 과거의 자신을 성찰하는 자체가 어쩌면 순례의 결실이라고 위안을 삼는다.

무시아의 돌십자가

무시아의 지형은 거북이 형상을 닮았다. 바다를 향해 길게 뻗은 땅 끝으로 언덕 같은 작은 산이 솟아 있다. 산 정상에 올라서면 무시아 전체를 조망할 수 있다. 육지 쪽으로는 작은 만이 형성되어 대서양의 거친 파도로부터 보호해준다.

알베르게에 짐을 풀고 나서 무시아의 중심부를 지나 걷는다. 바닷가 바로 옆에 성당이 있다. 성당 부근에서 거대한 돌탑과 카미노 표지석을 볼 수 있다. 순례길 0.000㎞ 표지석이 이곳 무시아에도 있다. 성 야고보 사도의 유해를 실은 배가 닿았다는 무시아 해변가. 성당은 문을 열지 않아 바깥을 둘러본다. 넘실대는 파도가 해안가의 바위를 집어삼킬 듯이 때린다. 쓸쓸한 바닷가. 이곳이 프랑스 길의 마지막 도착점이다. 성당의 바랜 벽을 손으로 만져 보고 얼굴을 잠시 대어 본다.

천년의 길이다. 순례자가 지향하는 세상의 땅끝은 이렇게 눈으로 볼 수 있는 물리적인 형상만을 뜻하진 않을 것이다. 순례자, 그들의 마음속에는 결코 도달하지 못할 땅끝이 평생 자리 잡게 될지도 모른다. 유형의 땅끝과 달리 순례자의 마음속에서 '땅끝'은 다시 태어나고 자란다.

성당을 둘러본 후 산으로 올라간다. 제주도처럼 경작지마다 돌담이

둘러져 있다. 바닷바람이 매섭다. 하늘은 맑았다가 금방 구름이 뒤덮이고 소나기를 뿌릴 듯하다.

정상에 서니 작은 돌십자가가 서 있다. 그 뒤편으로 무시아가 훤히 드러난다. 인형의 집처럼 붉은 지붕과 하얀 벽체로 이루어진 건물들이 아기자기하게 들어서 있다. 사방은 온통 바다와 바람의 천지. 작은 돌십자가를 들여다본다. 나는 찬양을 부르기 시작했다. 목소리를 높여 찬양한다. 하늘엔 잿빛 구름이 급하게 흘러가고 바람은 쉬지 않고 거세게 분다. 빗방울이 하나둘 떨어지지만 내 입에선 찬양이 계속 흘러나왔다.

내 삶의 카미노, 집으로

스무 살 때, 서머싯 몸의 『인간의 굴레』를 읽고 잠 못 이루던 밤이 있었다. 미지의 세계를 꿈꾸던 주인공 필립은 매번 실패하고 고통을 겪으며 좌충우돌하는 삶에서 벗어나지 못한다. 수많은 방황의 대가를 치른 후 샐리를 만나 지난한 삶의 굴레에서 벗어나게 된다. 행복은 결코 멀리 있지 않았다. 평범한 보통의 삶이 가장 행복한 삶이다.

4월 14일, 무시아에 도착해 43일간의 산티아고 순례길 여정을 마쳤다. 더 이상 걷고 싶어도 더 나아갈 수 없는 프랑스 길의 종점까지 왔다. 무시아에서 연박하며 순례길의 전체 일정을 돌아보고 성찰의 시간을 가지려 했지만 계획을 바꾸었다. 부활절에 콤포스텔라에서 연박하지 못한 아쉬움을 해소하고 싶어 콤포스텔라로 돌아가 오비에도 광장에 다시 서 보고 싶다는 소망이 생겼다.

당초 파리에 도착하는 날에 총파업이 시작된다고 하여 부랴부랴 일주일 시간을 앞당겨 인천공항에서 출발했었다. 어쩌면 이 카미노를 마음 놓고 걸을 수 있도록 내게 측량하지 못할 은혜를 베풀어주신 것일지도 모른다.

이베리아 반도의 북쪽을 종주하여 이 바닷가에 이르렀다. 숙소의 비좁은 공간에서 옆 침대를 의식하며 몸을 뒤척이는 것도 쉽지 않았다. 한밤중 깨어 깜깜한 어둠 속에서 손으로 허우적거리며 화장실을 다녀와야 했고, 잠 못 이루고 새벽까지 침낭에 누워 있던 밤이 매일같이 이어졌다. 오늘 무시아에서 마지막이길 바랐다.

늦은 밤부터 거친 광풍이 불고 굵은 빗줄기가 쏟아진다. 기온이 급강하한다. 내일 새벽, 5시에 일어나면 알베르게를 나서서 버스정류장까지 걸어야 한다. 옷을 입고 침낭 안으로 들어간다. 어머니의 품에 웅크린 아이처럼 이젠 침낭이 편안하다. 침낭 안에서 나는 태초의 아늑한 잠으로 빠져들어 갔다.

다시 콤포스텔라로

이른 아침, 일주일만에 콤포스텔라로 되돌아온 나는 하루 종일 대성당과 주변을 돌아다녔다. 비가 갠 날이어서 시내의 정경은 눈부시게 아름다웠다. 부활절을 앞두고 인파로 가득 차 들썩였던 오비에도 광장은 조용했다. 순례자들만이 삼삼오오 모여 쉬면서 사진을 찍고 있었다.

콤포스텔라 기차역 인근의 알베르게에서 마지막으로 크레덴시알에 세요를 찍었다. 주인은 내 크레덴시알을 보고 엄지를 척하니 세워주었다. 저녁에 독일에서 청소년 그룹을 이끌고 온 리더 네 명과 주인, 나까지 여섯 명이 와인을 마시며 대화를 나누었다. 나는 떠듬떠듬 영어 단어를 들먹이며 카미노에 대한 짧은 이야기를 했다. 알베르게 주인과 독일 사람들은 귀를 기울이며 들어주었다.

> "나는 천사들을 만났답니다. 힘들고 또 어떻게 해야 할 줄 모르는 상황에 부딪힐 때마다 천사들은 기대하지 못했던 순간에 나타나 나

를 포옹해주었고 어깨를 두드려주었습니다. 한국에서 계획했던 것보다 훨씬 긴 43일간의 순례 일정을 마칠 수 있었던 건 그 천사들의 도움 덕분입니다. 그들의 환대가 아니었더라면 900킬로미터를 넘게 걸어온 이번 순례길의 의미를 찾지 못했을 겁니다…"

순례길을 모두 마치고 다시 찾아간 대성당과 오비에도 광장

카미노의 기억을 떠올리며

산티아고 순례길을 다녀온 지 어느덧 2년이 되어간다. 혼자 터벅터벅 걸었던 카미노가 떠오르면 가끔 그때의 감정이 되살아나 가슴이 먹먹해질 때가 있다.

나는 제대로 듣거나 말하지 못하는 어린아이 같은 50여 일을 보냈다. 두세 살 아이처럼 지냈다는 것을 깨닫게 되었다. 바르에서 먹고 싶은 메뉴를 손으로 가리켜야 했고 손가락으로 하나둘을 표현할 수밖에 없었다. 50일 동안 은혜를 많이 받았다. 그 은혜로 버틸 수 있었고 감사하는 순간들이 이어졌다.

주변에선 산티아고 순례길을 다녀온 후에 내가 얻은 것이 무엇인지 또 변한 것은 있는지 궁금해한다. 다녀온 직후에는 많은 것을 배웠다고 섣불리 생각했다. 귀국 후 풍족한 일상으로 돌아오며 감사를 자주 잊는다. 돌아보면 변한 듯 변하지 않았고 또한 변하지 않은 것 같으면서도 많이 변했다. 햇빛과 바람과 환대의 공간에서 나를 감싸주던 신비를 잊지 않으려 한다.

여행기를 쓰고 책으로 내야 하는지 고민이 많았다. 이미 산티아고 순례와 관련된 다양한 내용의 책들이 출간되어 있다. 또한 인터넷을 검색하면 생생한 정보와 사진들이 올라와 있다.

나는 연약한 믿음의 시선으로 보고 느낀 순례길을 기억하고 싶었다. 50여일 간의 순례 중에 내 믿음이 커지거나 단단해진 것도 아니다. 그냥 자유로웠다. 그분께서 나를 자유롭게 해주셨다. 마음이 부드러우면서도 단단해지는 느낌. 이 책을 통해 순례길에서 만난 모든 분들, 특히 카미노의 친구(amigo)들에게 머리 숙여 감사의 마음을 전하고 싶다. 아내와 가족들, 지인들에게 감사드리며 카미노를 걸을 당시의 절실했던 마음을 잊지 않으며 살고 싶다.

덧붙이면 담양 세설원, 김규성 촌장님의 격려 덕분에 이 여행기를 마칠 수 있었다.

> 나는 배부르거나 굶주리거나, 많이 가졌거나 빈손이거나 행복하게 살 수 있는 비결을 찾았습니다. 내가 가진 것이 무엇이든지, 내가 어디에 있든지, 나를 지금의 나로 만들어주시는 분 안에서 나는 모든 것을 해낼 수 있습니다.
>
> – 빌립보서 4:12~14 (유진 피터슨, 『메시지 성경』)

산티아고,

햇빛과 바람과 환대의 길을 가다

초판1쇄 찍은 날 | 2024년 12월 23일
초판1쇄 펴낸 날 | 2024년 12월 30일

지은이 | 박광영
펴낸이 | 송광룡
펴낸곳 | 문학들
등록 | 2005년 8월 24일 제 2005 1-2호
주소 | 61489 광주광역시 동구 천변우로 487(학동) 2층
전화 | 062-651-6968
팩스 | 062-651-9690
전자우편 | munhakdle@daum.net
블로그 | blog.naver.com/munhakdlesimmian
값 20,000원

ISBN 979-11-94544-02-9 03810

· 이 책은 전라남도. 전라남도 문화재단의 지원을 받아 발간되었습니다.
· 이 책은 세설원(글을 낳는 집)과 토지문화재단 창작실을 통해
집필에 도움을 받았습니다.